小説
河野広中
自由民権運動に命を懸けた男の物語

髙橋秀紀

歴史春秋社

目次

第一章　町人の子

「この無礼者。あやまれ」

髪型から武家の子弟と分かる少年が、上半身裸で子分を五、六人従え、身体に似合わぬ大きな声を出した。

「申し訳ありませんでした」

こちらは町人の子供か髪を大束に結び、やはり上半身裸で子分を五、六人従えている。大人のような大きな身体をしているが、ただ頭を下げ謝っていた。

「なんだ。町人のガキは謝罪の仕方も分からねぇのか」

源之助は三春藩士の子である。武家といっても郡奉行所の平役人の子弟だ。百姓、町人の子供と変わらない。町の中を走り回り、近在に出ては山に入って兎を追い、川に入っては魚を漁っている。時には百姓の畑に入って、大根や人参を盗っては生で齧っていた。

「――――」

大吉（河野広中の幼名）は一応頭を下げていた。こんなヤツらに謝る気持ちはない。腹の中では（こんちくしょう）と思っていたが、相手は藩士の子息である。ただ黙っていた。

「おまえら、おれたちが川下で魚を漁っているのを知りながら、川上で魚を漁るとはとんでもないヤツらだ。武士に対して町人のくせに無礼千万。土下座をして謝れ」

大吉は土下座などする気はない。ただ頭を下げていた。知っていてやったのではない。川下など確認することもなく網を持って小川に入り、仲間たちと魚を網に追い込んでいたのだ。岸ぎわの青草の下に魚が隠れている。下流に網を張り、青草の土手を叩いたり足で蹴ったりした。小川の水が汚れ、青草やゴミが川下へ流れていった。

「知らなかったのです。許して下さい」

大吉は立ったままで謝った。

「町人の分際で、武士に謝るのに立ったままでするヤツがあるか。土下座をするのが礼儀であろう。さあ土下座をして頭を土へ摺りつけろ」

大吉は応じなかった。男として土下座などできるかと思った。後ろに控えている子分たちにだってそんな光景は見せられない。自分は身体も大きく誰よりも腕力があり強いのだ。

「土下座できぬとあらば、斬り捨てるぞ」

武士の子供といっても彼らは平常刀を持ち歩いてはいない。自分たちでつくった荒削りの木刀を持っていた。源之助はその木刀を振り上げた。彼らは幼少の時から剣術を習っている。まともに叩かれてはたまらない。大吉は咄嗟に一歩下がり身体を横に回すと、源之助の木刀を奪い取ろうと飛びかかった。二人は取っ組み合いになった。すると、双方の子分たちも黙ってはいない。木刀は弾き飛ばされ、いつの間にか互いに殴り合い乱闘になってしまった。大吉は相手が藩士の子供なので最初は遠慮をしていたが、そのうちに興奮し見境がなくなった。相手を押し倒すと思いきり殴りつけ、蹴飛ばした。暫くぶりに暴れ回り、快感があった。気がつくと源之助たちは口から血を流し逃げていった。

「武士の子供だなんて、弱いくせに威張っているのではないぞ、あははは――」

大吉たちは囃し立て、勝どきの声を張り上げた。

喧嘩に勝利した大吉は子分を従え、意気揚々と町中に凱旋した。奥州の南部に位置する三春五万石、秋田公の城下町である。阿武隈の山々に囲まれ、丘陵の谷間に街並みが曲がりくねって山陰まで続いていた。その中心の小高い頂に舞鶴城がそびえている。天守閣はないが御三階と呼ばれる楼閣が、町中からも近在の村々からも眺められた。

舞鶴城は永正元年（一五〇四）に田村義顕が築城したもので、義顕、隆顕、清顕と田村三代が戦国の世にこの城を拠点として近隣を支配し、三春藩の基礎を築いた。そして四代宗顕の時に天下人、豊臣秀吉の小田原征伐に参加しなかったので、田村家は取り潰された。

だが、三代清顕の娘が伊達政宗の正妻だったので、田村家は伊達家の家臣となった。その後田村家は一関藩三万石で再興し、幕末まで続いている。

田村家が去った三春は会津藩の支城となって蒲生氏、加藤氏、松下氏と続き、正保二年（一六四五）に常陸国の宍戸から秋田俊季が入部した。秋田氏は安東氏を先祖とする秋田地方の豪族であったが、徳川幕府となってから常陸の宍戸へ移され、さらに三春へ転封させられた大名である。

「ああ腹が減った」

大吉が家に帰ると母のリヨは針仕事をしていた。

「よくまあ、遊んでばかりいてもお腹だけは減んだねぇ」

リヨは台所に入ると夕ご飯の準備を始めた。大吉は喧嘩をしてきたことは言わない。居間で大の字になった。広い家の中はガラーンとして何もない。

大吉はこの家で嘉永二年（一八四九）七月に生まれた。兄二人、姉二人の末子だった。河野家の先祖は伊予の豪族で、戦国時代には加藤嘉明の家臣であった。その加藤嘉明が伊予松山から会津若松へ転封の時に同行したもので、河野家の先祖は、加藤家が支配した三春に土着したと言われている。

大吉の祖父広重《ひろしげ》の代までは呉服、酒造、魚問屋などを手広く商って、三春藩より郷士として取り立てられていたが、父広可《ひろよし》の代になって家運が傾いた。広可は親戚筋からリヨの許へ婿入りしたのであったが、あまり商売は上手でなく、慈善事業や開墾などに手を出して失敗し、その上に浪費家だったので店は縮小し家財を減らした。

そんな父も大吉が七歳の時に亡くなった。後を継いだ長兄の広胖《ひろやす》も商人向きではなかった。学があって早くから世の中の動きに目を開き、尊王攘夷を唱える諸国の浪士たちにも出入りをしていた。そんなことで広胖は親戚から隠居をさせられ、次兄の広孝《ひろたか》が店を継いだ。だが広孝は僅かに続けていた魚問屋業を再興するため、江戸へ出て修行をしていたが二十歳で病死した。すでに姉二人はそれぞれ他家に嫁いでいたので、その後は店を閉じて、リヨが針仕事の内職などで大吉と暮らしていたのだった。


その夜のことである、源之助の父親の橋本源右衛門が大吉の家に乗り込んできた。

「町人の分際でわしの倅を殴りつけるとは、どうしたことなのだ！」

「何のことでしょうか？」

リヨは何も知らない。驚いている。大吉は母の後ろへ隠れ込んだ。

「ふざけるんじゃない。うちの源之助がこっちの倅に殴られたのだ！」

リヨは大吉に事実を確認することはなかった。大吉が喧嘩で相手を傷つけ、リヨが謝っているのは度々だったからだ。今までは町場の子供や、近在へ出て百姓の子供相手だった。今回はお武家さまの子供では謝る以外にない。

「申し訳ありませんでした。子供のことですので勘弁をして下さい」

リヨは畳に頭をつけて謝った。

「小僧、前へ出ろ。男のくせに女の後ろに隠れているヤツがあるか！」

大吉は前へ出た。男として隠れていたのでは卑怯だと思ったのだ。

「おれは悪くない」

大吉はきっぱりと言った。

「なにをこの野郎！」

源右衛門は酒でも呑んできたのか、また興奮しているのか顔をまっ赤にして怒り出した。

「申し訳ありません。これ大吉、謝りなさい」

リヨは手をついたまま、大吉を促した。

「わしは侍だぞ。町人の倅に舐められたとあっては許せぬ。無礼をはたらいたおまえら町人を一人や二人斬ったとて、どうということはないのだ！」

「子供のことですから、どうか許して下さい」

「ならぬ。小僧、覚悟をしろ！」

源右衛門は脇差を腰から抜くと、鞘を払った。行燈のぼんやりした明かりでも、刀がキラリと光った。大吉は源右衛門をじっと睨みつけた。いざとなったら奥へ逃げ込もうと思った。その時である。母の鋭いきりりとした声がした。

「橋本さま。三春藩の立派なお武家さまともあろうお方がなんですか。町人の女、子供に刀を振り上げるとは恥ずかしくないのですか。無抵抗の女、子供を斬ったら橋本家の末代までの恥ですよ。さらに私の息子の広胖も黙ってはいませんよ。町人といえども三春藩の郷士です。いざという時はお城に駆けつけるために、剣術を心得ております。必ずかたきを討ちますよ」

リヨは正座したまま源右衛門をしっかと睨みつけた。源右衛門はリヨの剣幕に刀を収めた。リヨは静かに立ち上がると、奥へ行って何か紙包みを持ってきた。

「お武家さまの息子さんに手を出した倅は悪うございました。これで勘弁して下さい」

リヨは源右衛門に紙包みを手渡した。

「小僧、今日はおめえのおっ母に免じて許してやるが、二度とこんなことをしたら承知しねぇからな」

源右衛門は大吉をもう一度睨みつけ、帰って行った。

「すごいな、おっ母は」

大吉は改めて母を見直した。リヨは商人の女としては珍しく書も達筆で度胸もあり、賢婦人であった。リヨの母のリキは白河藩士の娘で、松平定信公の養母に仕えた和歌もやる教養女だった。河野家が豪商として全盛の時に嫁いできたのである。リヨは家つき娘で母の血を引き継いでいた。

「なにを言っているのよ。おまえはもう身体ばっかり大きくてもすぐに喧嘩をして、中身はいつまでも子供なのだからしょうがないね」

リヨは大吉の暴れん坊に呆れ果てていた。父親の死後、荒町の指物大工の家に子守に出されたが、その家の子供を守していて、赤児を観音堂の大木に結わえつけて夜まで遊び、追い出されてきた。また寺子屋に通ってはみたが、暴れん坊で他の子供の迷惑になると破門される始末だった。さらに二本松の商家へ小僧としてやられたが、これも勤まらず帰ってきた。

「でもおっ母、なんで侍だけが偉いのだよ」

大吉は納得がいかなかった。

「――――」

「侍だけが威張って、百姓や町人を虫けらのように斬り殺すなど、そんなの許せない」

大吉は以前に祖母から聞いた「宮城野姉妹」の話を思い出した。

仙台藩白石の城下で、田の草取りをしていた百姓が何気なく投げた雑草の泥が、運悪く通りかかった侍の袴を汚してしまった。激怒した侍は畦道まで出てきて謝った百姓を、その場で斬り殺した。父が殺されたのを見ていた二人の娘がわが家に帰って、病床の母親に伝えると、母親も驚き病が悪化して亡くなった。やがて二人の娘は侍への復讐を決意し、江戸に登って由井正雪の門に入って剣術を学び、仇討をしたという話である。

「同じ人間でありながら、なぜ侍と百姓、町人は差別されるのかな？」

「兄ちゃんに聞いてみろ」

リヨは夕飯の後片づけを始めた。

数日して別居している兄の広胖が、ひょっこりとやって来た。

「兄ちゃん、同じ人間でありながら、どうして侍と百姓や町人などという、身分の差別があるのだい」

大吉はさっそく兄に訊いてみた。

「――――？」

広胖は怪訝な顔をした。大吉は先日のことを話した。

「侍だって、百姓、町人だって同じ人間じゃないのかい？」

「そうだ。同じ人間だ」

「それがどうして侍は威張っているのだい」

「それはな大吉、今は侍が天下を治め、政治を行っているからだ。三春のお城でまつりごとをやっているのも、江戸城で天下国家の政治を行っているのも、すべてがお侍だ」

末子の大吉と長男の広胖は、二十歳近くも年が離れていた。

「そんなのおかしいな」

「おかしいと思うか。それが日本では何百年も前から当たりまえのことだったのだ」

「――」

「だがな、広い世界の中にはフランスやアメリカのように、侍や百姓、町人などの差別がなく、国民がすべて平等という国もある。わが国のように侍に国民が支配されることはない。国民は何人にも支配されずすべてが平等で、自由に生きる権利があるのだ」

「みんな同じ人間だものない」

「そうだ。だから侍だけが国の政治を行うのではなく、国の政治は国民の代表が行うのだ。その代表は国民が選挙で選ぶ。従って百姓も町人もすべての国民が平等で、政治に参加する自由があり権利があるのだ」

奥州の片田舎ではまだまだ徳川太平の世の中であったが、この時期すでにアメリカ合衆国からペリーが来航し、江戸や京では鎖国だの開国だのと騒然として、世の中全体が大きく転換し始めていた。大吉は初めて聞く話に惹かれた。

「いいか、これからは侍だの町人だのと差別のない、人間は皆平等の社会をつくらなければならない。政治は侍だけが行うものではない。百姓も町人も政治に参加する権利があるのだ。誰もが自由に発言し、自由に生きられる世の中だ。徳川幕府は腐りきっている。武士が国民を支配する時代は終わりだ。これからはフランスやアメリカのように、自由平等の国家をつくらなければならないのだ」

「すばらしい話だない」

大吉は眼を輝かして兄の話を聞いた。海の向こうにはフランスとかアメリカなどという、日本と異なった国があることに興味をもった。

「それにはガキどもと喧嘩ばかりしていてはダメだ。川前紫渓先生の塾へ行って勉強をするのだ。おれが連れていってやる。世の中の動きが大きく見えてくるぞ。現在江戸や京では何が起こっているのか。西欧にはどんな国家があって、どんな政治を行っているのか。これからおれたちは何をやらねばならないのか。学ぶのだ」

大吉は兄の話を聞いていると、自分が一回りも二回りも大きくなり、目の前が大きく開けてくるような気がした。

「うん、おれは勉強する。兄ちゃん、川前先生の塾に連れていっておくれ」

川前紫渓は元々修験者であったが、何時の頃からか三春で塾を開き、子弟の教育に当たっていた。安積神社の儒者である安積艮斎とも親交が深く、論じれば眼前に人なきがごとくで、豪放な人物であった。彼は国学を論じ、儒学、朱子学から清国の古典や古代史まで教え、易学、兵学、さらに日本の歴史を語り、歴史的に見た徳川幕府や朝廷の関係も教えてくれた。そして現在の日本国と今後の世界情勢まで論じ立てた。

大吉が初めて川前先生に会った時、先生は大吉が子供なのも構わずに論じた。

「われら奥州人はまだまだ深い眠りのままだが、薩摩や長州の西国諸藩の者は、すでに世界へ目を向けておる。今やわが国の民が世界の動きを知らなければ、日本国は滅びる。たとえば清国は、日本より人口も面積も何十倍もあり、今まで我々は世界一強い国だと思っていた。その清国が欧州の小さな島国であるイギリスと戦争をして負けた。遙か遠くの欧州から数隻の軍艦を持ってきただけで、イギリスはあの大国清との戦いに勝ったのだ」

「――――」

「欧米の国々は我々が想像する以上に、開発された強力な軍艦や大砲などを持ち、恐ろしく強い組織化された軍隊を備えている。だから彼らはその強力な軍事力で、アジアの国々を次々と支配しようとしているのだ。日本もアメリカから来た数隻の黒船に驚き、幕府は開国をした。これからはアメリカばかりではない。イギリスもフランスもロシアも大勢の外国船が日本にやって来るだろう。これから世の中は大きく変わる。その時我々はどうすればよいのか。それにはいろんなことを学ぶことだ。もはや三春藩などという小さなことだけを考えている場合ではない。天下国家のことを真剣に考えなければならない」

大吉は川前先生の話に興味をもった。寺子屋での読み書きなどは面白くもなかったが、清国や西欧諸国の話は面白かった。大吉は川前紫渓の塾で勉学に励み、兄の広胖らの仲間にも加わり、社会の動きに眼を向け成長していったのである。

「姉さまの家に水戸天狗党が匿われているというが、大吉も行くか」

しばらく振りで兄の家に行くと、広胖が押し殺した声で言った。

「なに？　水戸の天狗党が――」

「声が大きい。おまえは注意が足らん。誰かに聞かれたらどうする！」

この時期、日本国内は騒然としていた。ペリーの来航によって幕府は「日米和親条約」を締結し、長く続いた鎖国体制をやぶって開国した。これに反対する者が、朝廷を尊び鎖国を順守せよと「尊王攘夷論」を唱えて、活動を始めた。特に水戸藩では儒学者であった藤田東湖などの影響で、前藩主の徳川斉昭が開国に反対し攘夷論を唱えていた。

そんなことで藤田東湖の子である小四郎をはじめ、田丸稲之衛門らの過激な攘夷派が、筑波山で挙兵したのが水戸天狗党であった。彼らは自分らが挙兵すれば全国の攘夷派が決起し、幕府は開国を撤回して鎖国をするだろうと考えた。だが幕府は鎮圧部隊を派遣した。各地で戦闘が行われ、天狗党は日光から中山道を通り美濃路から京へ向かおうとした。徳川斉昭の子で、後に十五代将軍となる一橋慶喜が、京で「禁裏御守衛総督」という職にあったからだ。慶喜を頼り朝廷に攘夷を上申しようとしたのである。だが慶喜は天狗党を支持しなかった。諸藩兵を率いて天狗党を討伐するとの情報が流れた。天狗党は主君筋の慶喜軍と戦うわけにはいかないので降伏した。その後天狗党は幕府によって、八百数十人の者が死罪、遠島、追放に処せられ壊滅したのであった。

その天狗党の残党がどんな経緯か、大吉の一番上の姉が嫁いでいる舟田家に逃れ込んできた。舟田家は旧家で薬種などを商っていた。当主の舟田健次郎は広胖などと行動を共にする同志であった。

「我々が決起したのに対して全国の同志は決起しなかった。我々は見捨てられ敗れた」

天狗党の野口友太郎は無念そうに言った。

「徳川ご三家である水戸藩の浪士が、幕府に反旗を翻すとは世の中も変わったな」

広胖がため息をついた。

「我々は幕府に反旗を翻したのではない。朝廷の許可を得ずに幕府の老中が勝手に開国して港を開き、外国人と交流をしているからだ」

「幕府の旧い体制を改めなければなるまい」

「幕府の財政は困窮しているのに、大奥一つとってもあの贅沢はなんだ。斉昭公は大奥の改革を進言したが、女どもの反対で改革できなかった」

「とにかく幕府の中身は腐りきっている。改革しなければならん」

天狗党の者たちは幕府に追われていて、その夜のうちにどこかへ去って行った。


広胖は城下の者ばかりではなく、藩士の佐久間昌言や熊田嘉膳などとも交流し、情報を得ていた。

「これからは世界を知って、日本国という国家のことを考えなければならない。もはや三春藩だけのことを考えていては藩を護れないと、藩士の熊田さまが言っておられた」

「藩士の熊田さまが――――？」

しばらく振りに訪ねてきた広胖の話に大吉は強い関心を持った。

「熊田さまは、わしより十歳以上も年上で元々三春藩の医者だが、江戸や西国まで何度も行って国内を広く見聞している方だ。長崎で蘭学を学び、世界の情勢にも詳しい」

熊田嘉膳は三春領内の岩井沢村生まれだが、その才能を見込まれて藩医の熊田自看の養子となり、藩校の明徳堂で勉学を積んだのであった。大吉などは入門できない藩士の子弟が通う学問所である。

嘉膳はその藩校でも秀才ぶりを発揮したので、藩の推薦で江戸や長崎へ留学して知識を広げることができた。彼は医学ばかりではなく兵学や洋学も学び、最初は攘夷論を唱えた。外国船を討ち払うためには、強力な大砲を持つことが重要だと言って、その大砲をつくる鉄を鋳造することを唱え、水戸藩の反射炉建設に関わったりもした。

「熊田さまは医者でありながら江戸や長崎で学問を修め、多くの方々との交友からその博識は三春藩内でも随一だ。現在、藩はその能力を高く評価し、藩士として藩の重役から信頼されている方だ。その熊田さまがこれからは大きく目を開き、日本と世界の情勢を考えるべきだと言っておられるのだ」

「日本と世界のことかい？」

「そうだ天下国家のことだ。これは難しい話になるが。インドや東南アジアの大半を植民地化した欧米列強は、アヘン戦争で清国を敗り、いよいよ日本を支配下にしようと牙をむけ始めたのだ。それがペリーの来航であり、ロシアやイギリス、フランスなどの艦隊が日本近辺に出没してきたことなのだ」

「大変だ――」

「そこで水戸の徳川斉昭公などが攘夷論を唱え、長州や薩摩は外国人を討つべしと外国に抵抗したが、薩摩はイギリスに攻撃され、長州は欧米の四国艦隊に下関を砲撃されてあっさりと敗れた。西欧の軍事力は強い」

「そんなに外国は強いのかい？」

「強い。あの清国が負けるほどだからな」

「それで土佐の坂本竜馬など、多くの攘夷論を唱えていた者たちの考えが変わった。このまま攘夷などと騒いで外国と戦ったのでは、戦争に負けて日本は外国の植民地となり占領されてしまう。現在は日本国が一つになり、外国に負けないだけの経済力と、軍事力を整えることが大切なのだ」

「つまり強い国にならないとダメだということだない」

大吉は話が理解できたのか大きく頷いた。

「そうだ。強い国になるのには全国に二百六十もの藩があり、各藩が勝手に兵力を持ち政治を行っていたのではダメだ。以前は徳川幕府の統制で日本国は統治されてきたが、今や幕府にその力がない。長州ひとつの藩にてこずっているのだ。徳川幕府は終わりだ。外国の侵略から日本を守るのには、日本全土を統一した新しい国家をつくらなければならない」

「よし、おれも兄ちゃんと同じ考えだ。新しい国家をつくるために頑張ろう」

大吉は眼を輝かせて言った。

「大吉も、もはや喧嘩ばかりしている腕白小僧ではない。頼りにしているぞ」

広胖は笑って言った。

第二章　戊辰戦争

「棚倉城を落とした官軍が、いよいよ三春に向かうそうだが、なんとか城下を戦火から護る方法はないものか」

広胖は押し殺した声で言った。ローソクの明かりがぼんやりと室内を照らしている中で、男たちの眼だけが異様に光っている。窓を閉め切った土蔵の中は風も入らず、夜になって一段と蒸し暑かった。

「平潟に上陸した官軍も磐城の平城を落とし、三春に向かっていると言うぞ」

慶応四年（一八六八）七月、三春藩の城下は騒然としていた。白河城や棚倉城を攻め落とした官軍が、次の攻撃目標を三春藩と定めたからである。

ペリー来航によって、徳川幕府はそれまでの鎖国政策を改め開国を断行した。開国に反発する尊王攘夷運動が、いつしか討幕運動となり、ついに薩摩と長州を主力とする討幕軍と幕府軍が、この年の正月に京近郊の鳥羽・伏見で激突した。この戦いで討幕軍は、急遽、京の西陣織の帯地でつくった「錦の御旗」を押し立て、朝廷の官軍となって幕府軍に勝利した。その官軍が破竹の勢いで東日本を征服し、今年の四月には江戸城を攻略して徳川幕府を倒すと、奥州に攻め込んできたのだった。

最初、三春藩は京に樹立した朝廷中心の新政府に忠誠を示し、新政府から正月の十五日に早々と「奥羽征討援軍」の沙汰書を受け、四月には「会津追討援軍出兵」の命令で白河に官軍として出陣した。官軍の攻撃目標は京都守護職として、尊王攘夷派を弾圧した会津藩だったからである。ところが奥羽越の諸藩は急遽、「奥羽越列藩同盟」を仙台藩の白石で結び、会津藩を救援することになった。三春藩も周囲の大藩から強制的に加盟させられ、「同盟軍」として官軍と戦うことになってしまったのである。

「白河の戦いで官軍と同盟軍の格差は歴然とした。もはや官軍と戦っても勝ち目はない」

「城中の三春藩首脳はどうする気なのだ」

薬種問屋を営む安積儀作の土蔵に、時局を心配する城下の者たち数人が隠密に集まっていた。男たちはローソクを中にして車座になり、額を寄せ合っている。

「三春藩だけならすぐにも恭順の意を表明し、官軍を城下に入れてもいいのだが、同盟軍が三春に駐留し、監視しているから動けまい」

「法蔵寺に会津藩兵が二百人、天沢寺に福島藩兵が五十人、町家に二本松藩兵が百人ほど分宿し、さらに仙台と米沢の藩兵が五百人ほど、三春に向かっているという話だ」

「三春が合戦場になったら城下は焼かれ、沢山の負傷者が出るな」

「何としても戦は避けねばならない」

五万石の小藩三春は、六十万石の仙台藩や二十三万石の会津藩などの圧力で、同盟軍に参加せざるを得なかった。加盟しなければ官軍が来る前に同盟軍から攻撃され、滅ぼされてしまうからだ。その結果、現在の三春は官軍と同盟軍の決戦場になろうとしていた。

「もはや徳川幕府の時代は終わった。これからは新政府による新しい時代がくると、川前紫渓先生は言っておられた。藩首脳はいったいどうする気なのだ」

舟田健次郎が怒りを込めて言った。彼は大吉の姉の亭主である。

「お城のお偉方に任せておいたのでは三春城下は戦場となる。よし、我々が棚倉に赴き官軍の参謀に会って三春の恭順を願い、官軍を三春城下に案内しようではないか」

大吉は立ち上がって言った。

「大吉も大人になって、言うことが逞しくなったな」

広胖が笑って言った。

「兄ちゃん、おれはもう大吉ではなく立派な大人だよ。河野信次郎広中《ひろなか》というのだからない。これからは『広中』と呼んでくれよ」

大吉は恩師の川前紫渓から「広中」という立派な名前を頂戴していたのである。

「よし分かった。これからは『広中』と呼ぶべ」

大吉を改名した広中と広胖のやりとりに、今度は皆が笑った。

「だが我々だけでは相手にされまい」

健次郎は不安気に言った。

「しかし、お城の方々が動くのを待ってはいられない。おれたちで棚倉へ行こう」

影山正博は広中の意見に賛同した。

「よし、棚倉に行こう。だが、誰が行く？」

広胖は一同を見回した。

「おれが行く」

最初に手をあげたのは広中だった。

「いや、おれが行くべ」

正博や年配の儀作なども手をあげた。

「大勢では城下に進駐している同盟軍やお城の者からも目につくし、官軍の陣中に入るのにも大変だ。二人くらいがいいべ」

「これは命を懸けた大役だ。それでは広胖さんと正博さんではどうだい」

健次郎が慎重に考え、二人を推薦した。

「いや、おれが行く」

広中はまた手をあげた。

「おまえのその異様な風采では人目につくからダメだ」

広胖が言ったので、その場の者たちはまた声を出して笑った。髪を大束に結び短袴を穿き、険しい顔つきの広中は誰が見ても異様だった。

広中はこの時十八歳である。頬を膨らました。


二日後、河野広胖と影山正博の二人は、行商人に変装し出かけて行った。見送った広中は面白くない。ぶらりと城下を歩いてみた。

町の中はどの家も板戸を閉め、商いをしている店は一軒もない。家財道具を積んだ荷車や、大きな風呂敷を背負った者たちなど、人々がせわしげに走り回っていた。

町角で他藩の兵士がたむろしている。三春の救援に駐留している兵士で三春の行動も監視しているのだ。城下を巡視する三春藩士もいた。広中は大きな身体を隠すようにして歩いた。兄の広胖や姉婿の健次郎が水戸の天狗党などと関わっていたことは、藩士や他藩の者も知っているからだ。広中も詰問され捕まれば、何をされるか分からない。数日前も佐久間玄畏という医者が反同盟派と見られ、二本松の兵士に殺害されている。合戦を目前にして兵士たちは殺気立っていた。

広中が大町まで来ると異様な者たちに出会った。ゴザや風呂敷をかぶり物乞いのような格好で、女子供や老人が多かった。よく見ると女なのに男装して脇差を差している者もいて、武家の者という感じがした。

町の者に訊ねると、落城した棚倉藩の者たちだと言う。棚倉藩主らが城を捨て、飛び地である保原の方へ逃げたので、藩士の家族が落ちのびて行くのだそうだ。

お城近くまで来ると、やたら他藩の兵士が目につく。会津や二本松の同盟軍が故意に藩庁を取り巻いているのだ。これでは三春藩の救援に駐留している同盟軍に、三春が占領されているようなものだ。もっとも三春藩が浅川の合戦で同盟軍に発砲したなどとの噂もあり、三春藩は最初から列藩同盟軍から疑われ監視されていた。

舞鶴城は険しい斜面を周囲に持った天然の要害だが、何時の時代からか城山の山麓に藩庁を移していた。藩主は秋田氏十一代の映季《あきすえ》である。まだ十一歳と若いので叔父の秋田主税《ちから》が後見人として補佐していた。

数日して広胖は一人で帰ってきた。正博は人質として官軍陣地に残されたという。広胖の話によると、彼らは須賀川から白河に出て釜子という所で官軍に出会った。長州藩の田中隊という部隊である。早速に官軍参謀に面談を申し入れたが拒否され、その部隊の森永弥之助、さらには五十嵐庄太郎の陣地に連行されて取り調べられた。その上に薩摩の島津式部の隊に移されたので、三春藩の勤皇の意思を述べ、恭順の願書を官軍参謀に提出した。だが、参謀の返事は「使者の中に藩の重臣が入っていなければ、藩の代表とは認められない」というものだった。

当然の話だったかもしれない。それでも広胖たちは熱弁を振るって、徳川幕府を倒して新しい国家を打ち立てようとする、新政府への賛美と期待を述べ立てたので、対応した将校たちは面白い者たちだと思ったのか、「それなら藩を代表する重臣を連れてこい」と言ったので、広胖だけ帰ってきたのだった。

「しかし、官軍の武器は鉄砲も大砲も新式のもので数も多いし、その装備は奥州の同盟軍とは比べものにならない。兵士の数も何千人とおって白河から棚倉辺りは官軍の陣地でいっぱいだ。あの官軍に攻撃されては三春の町は一朝にして焼け野原だ」

広胖は興奮した眼差しで言った。そして広中を奥の部屋に呼んだ。

「いいものを見せよう」

広胖は持ち帰った荷物の中から巻紙を取り出した。

「広中、これは写しだが朝廷が今年の三月に発布した新政府の基本方針だ。読んでみろ」

五箇条之御誓文。
一、広ク会議ヲ興シ万機公論ニ決スベシ。
一、上下心ヲ一ニシテ盛ニ経綸ヲ行フベシ。
一、官武一途庶民ニ至ル迄各其志ヲ遂ゲ人心ヲシテ倦マサラシメンコトヲ要ス。
一、旧来ノ陋習ヲ破リ天地ノ公道ニ基クベシ。
一、知識ヲ世界ニ求メ大ニ皇基ヲ振起スベシ。
広中は川前紫渓の塾で漢文を習っていたので読むことは読めたが、すぐに理解はできない。それでも字句から新鮮なものを感じた。

「どうだ、意味が分かるか？」

「なかなか難しいな」

「この『広ク会議ヲ興シ万機公論ニ決スベシ』というのは、今までのように将軍だけが政治を行うのではなく、沢山の人々が集まって会議を開き、よく話し合って政治を行うということだ。そして次の条項は身分の高い者も低い者も心を一つにして、国を治め政治を行うと続いているのだ」

「ふーん」

以前から広胖が言っていた西欧の政治が、わが国でも行われるということなのだ。広中は新しい世の中が胎動しているのだと思った。

「それから、これは昨年の十月に徳川幕府が大政奉還したので、朝廷が新政府を樹立し発表した『王政復古之大号令』だが、ここに素晴らしいことが書いてある。『旧弊御一洗ニ付、言語ノ道洞開サレ候間、見込コレアル向ハ、貴賤ニ拘ラズ、忌憚ナク献言致スベク、人材登庸ハ第一ノ御急務ニ候故』とあるのだ」

広胖は別な巻紙を取り出すと、自分で一度大声で読み上げ説明をした。

「つまり身分の低い藩士や百姓町人にも、国や藩の政治に意見を述べる道を開き、藩や政府の役人として登用するということだ」

「ということは、おれたちも藩の役人になれるということかい」

「そうだ。今までは刀を二本差したお侍さんだけが、町奉行や郡奉行の役人だったが、我々も藩庁の役人になれるし、新政府の役人にもなれるということだ」

「すごい世の中になるのだない」

広中たち奥州の者には驚きだった。

「これから、時代はどんどん変わる。列藩同盟の者たちには新しい時代がくることを理解できないのだ。もう意地を張って官軍と戦っている場合ではない。早く官軍を三春の城下に導き入れて官軍に協力し、新しい世の中をつくるのだ」

兄の話に広中はなぜか体内の血潮が熱くなり、この国がこれからどう変わるのか、自分の目で見極めなければならないと思った。

その後、広胖たちは極秘のうちに城中の恭順派藩士たちと接触を重ね、藩首脳を説得した。その結果、三春藩として藩の使節を官軍陣地に派遣することに決定した。まごまごしていては城下が戦場となってしまうからである。

藩の代表は碌三百五十石の秋田主計《かずえ》であった。官軍と対等に交渉するのには申し分のない藩の重臣である。その他に藩士の田村蔵之助、佐久間昌言と弟の昌後、舟田治良左衛門が選ばれ、広胖と儀作が案内役となった。勿論、藩の上層部しか知らない隠密行動である。もし同盟軍に発覚されたら全員斬り殺され、三春藩そのものが同盟軍から攻撃されるからだ。一行は商人に変装し、分散して出かけて行った。

またも使節の役から外された広中は面白くなかった。一行を見送った後、この前のように城下でのんびりとしてはいられない。このまま駆け出し棚倉の官軍の陣地に飛び込んで行きたかった。兄の話だと官軍は詰襟の黒い洋服を着て、腰には白い帯を巻いて刀を差し、肩には鉄砲を担ぎ、揃いの姿で行進するという。しかも隊長は黒い洋服の上に色あざやかな陣羽織を着て、頭に乗っけた兜から獅毛を背中まで垂らしているそうだ。彼は是非その雄姿を見たいものだと思った。

　広中はもうじっとしておれなかった。棚倉には兄たちが行ったから、自分は磐城平の官軍に接触してみようかと考えた。長州藩の木梨精一郎と大村藩の渡辺清左衛門を参謀とする官軍が平潟に上陸し、泉藩、湯長谷藩、磐城平藩を攻撃して落城させ、三春に向かっているとのことだった。南の棚倉から来る官軍ばかりではなく、東から攻め込んでくる官軍にも、三春藩の恭順を願い交渉すべきだと考えたのである。

　若い広中は、親子ほど歳の離れている兄の広胖からいつも子供扱いをされていた。だが燃えたぎる血潮をどうすることもできない。兄に叱られようとも単独で行動する決心をした。彼はまず、仲間の伊藤耕造を連れて城下を出ると、三春と小野新町の中ほどにある牧野村の猪狩治良右衛門を訪ねた。

　猪狩はこの近在の豪農で広胖たちとも交流があり、三春藩の恭順を主張していた。広中らは猪狩宅に泊めてもらいながら、棚倉や磐城平の官軍の情報を話し合い、自分らが取るべき今後の方針を相談した。

「磐城平にはおれが行こう。磐城の親戚に笠間藩士の長権平という者がいるので、磐城の官軍には接し易い。広中さんは棚倉に行って兄さんたちに協力した方がいい。なんと言っても三春を攻める新政府軍の主力は棚倉の官軍だ。しかも棚倉には板垣退助という男がいる。この男は土佐藩の者だが新政府軍の重鎮だ。三春城下を焼くも焼かぬもこの男の考えひとつだ。しっかり交渉した方がいい」

「よし分かった。おれたちは棚倉に行く」

広中は猪狩の話に同意すると、最初の予定を変更し棚倉に向かうことにした。

翌日、二人は牧野村から風越峠を越えて吉野辺へ出て、蓬田を通り石川郷の母畑辺りまで来ると、戦争があったらしく兵士の死骸があり、近辺の草木が荒らされていた。広中たちはなんとなく身震いを感じた。

さらに進んで石川在の中田という所に来ると日が暮れてきた。土地の者に「泊めてくれる宿はないか」と訊ねたが、この近辺に宿屋はないという。野宿も考えていたが、話しているうちに神官の家が近くにあるという。神官の家なら勤皇の志もあろうと考えて訪ねると、快く泊めてくれた。鈴木という神官で学もあり三春の川前紫渓のことも知っていた。

次の日は朝早く発って浅川まで来ると、突然、武器を持った数人の兵士に囲まれた。一目で官軍と分かった。同盟軍は和服の上に白たすきをかけている者が多かったが、官軍は噂の通り黒い洋服で、腰に白い布を巻いた異様な格好をしていたからだ。

「そこの町人。どこに行くか！」

発音がはっきりせず、早口で聞き取れない。

「――――」

「どこに行くかと聞いているのだ。分からんのか」

「棚倉までです」

「棚倉まで何をしに行く？」

「官軍の参謀に会うためです」

同盟軍や地元の者には明かせないが、相手を官軍と見たので広中は正直に言った。

「なに！　官軍の参謀だと。怪しいヤツだ、ひっ捕らえろ」

隊長らしい男が刀を抜いた。すると鉄砲を持った兵士が数人、二人に銃口を向け身構えた。広中たちは抵抗をしなかった。こんな雑兵に話をしても仕方がない。捕まって本部に行ってから身分の高い兵士と話をしたかった。

荒縄で後ろ手に縛り上げられた二人は、官軍陣地に連行された。そこでこの隊が土佐藩の兵士であることが分かった。兵士たちは意外とのんびりしていた。鳥羽伏見からの勝ち戦で余裕があるのかもしれない。やがて上官らしき兵士の前に引き出された。見るとまだ若いがなんとなく信頼できそうな顔をしている。自分たちの考えを述べるのは今だと広中はこの時思った。

「我々は三春藩の者です。三春藩はもともと天朝さまを敬い、新政府の方針に賛同して参ります。だが、俄かに奥羽越列藩同盟が成り、三春は小藩ゆえ大藩に威圧され加盟を強制されているもので、同盟軍に参加して官軍に叛くのが、本意ではありません。我々は貴軍を三春城下にご案内いたすために参りました。どうか我々に官軍の先導を命じて下さるよう、貴軍参謀にお取次ぎをお願い申し上げます」

広中は一気に喋りまくった。

「面白いヤツだ。わしは山田喜久馬という者だが、兵士をつけ棚倉まで送り届けよう」

山田はすでに、三春藩からの使者が棚倉に来ていることを知っていたようだ。早速に護衛の兵をつけて棚倉へ送り届けてくれた。

広中たちは棚倉に着くと土佐藩断金隊の陣営に案内され、兄の広胖たちと合流した。

「なんだ、お前らも来たのか」

広胖は呆れ果てながらも、無事に着いた弟の姿に安堵し苦笑した。

「どうなんだい。参謀に会って三春藩の恭順を伝えたのかい？」

広中は高鳴る胸を抑えて言った。

「そんなに簡単に会えるか」

「早く来て今まで何をやっていたのだい」

広中は兄たちを責めるように言った。

「土佐藩断金隊の美正貫一郎殿が我々に大変親切にしてくれて、今藩士の秋田さまたちが官軍参謀と話し合い中だ」

「いつまで話し合っているのだい。おれが直接官軍参謀に会って談判してみるかな」

「バカ、おれたちでさえ会えないのに、なんでお前のような若造が官軍参謀に会えるのだ」

広胖たちも交渉が進まず焦っていたのかもしれない。荒い言葉で叱った。

その後は広中たちもただ陣地内に閉じ込められていた。三春藩士の秋田主計や佐久間昌言などは、参謀本部に入って何かをやっていたが、広中らには何も知らされなかった。だが次の日の夕方になって、秋田主計が棚倉に来ている三春藩の者全員を集め、厳しい表情で話し出した。

「これから話すことは絶対に他言無用だ。ここに集まった者は藩士、郷士を問わず、すべて三春藩の忠臣とみて話す。今まで、三春藩は奥州の同盟軍から厳しく監視されていたので、同志の諸君にも話さずにいたが実を申せば、三春藩は奥羽越列藩同盟に参加してからも、京の新政府や官軍と接触を重ね、交渉をしていたのだ」

藩首脳だけの隠密行動で広中は勿論、広胖なども知らなかった。主計の説明によると三春藩はすでに昨年の秋、京に江戸詰家老の小野寺市大夫や御近習目付の湊宗左衛門を派遣し、さらには三春本国から藩主名代の秋田広記も送り込み、新政府と接触を深めていたのであった。ところが奥羽諸藩が会津救援の方向に動き、奥羽越列藩同盟が成立し、三春藩も加盟せざるを得なくなった。しかし三春藩はその後も藩士の熊田嘉膳や、山地純之助を京の新政府へ遣わして接触を重ね、朝廷より「不日官軍諸道より進撃、救援あるべし」との沙汰書を受けていたのである。

「従って三春藩の方針は決しており、わが藩は同盟軍として兵は出したが、白河でも棚倉でも官軍とは本気で戦わなかった。三春藩の恭順は官軍にも通じているのだ」

話を初めて聞いた者は驚いた。

「だが、そのことでわが藩は同盟軍に疑われている。先日も仙台藩や二本松藩から詰問を受けたばかりだ。三春藩は必死に弁明したが、同盟軍は疑いを解いていない。今同盟軍は三春藩の同盟離脱を阻止するため、三春藩主を仙台へお連れ申そうとしている。三春藩主を戦禍から護るという大義名分なので、三春藩として拒否はできない。しかし藩主を人質に取られては大変なことになる。城中ではお殿さまを同盟軍に渡すまいと、必死の工作をしているところだ」

思わぬ事態に今度は誰もがため息をついた。

「さらに問題は三春城下に駐屯している同盟軍だ。白河や棚倉での敗北を、なんとか三春で阻止しようと、同盟軍は三春に集結している。官軍がこのまま進めば三春藩の意向に関わらず、官軍と同盟軍の戦闘になる。戦いを避けるためには、どうしても同盟軍を三春城下から退出させなければならない。そのことについて、我々は今まで官軍参謀と協議をしていたのだ」

現在、三春城下には数百人の同盟軍が駐留し、さらに数百人の同盟軍が三春救援へと向かっていた。このままでは三春は戦場となる。だからと言って官軍はここで手間取ってはいない。官軍の攻撃目標は会津藩や仙台藩だ。その前に抵抗するものは蹴散らし、数日中に三春や二本松は通過する予定だった。

「そこで我々はこれから三春に帰り、三春の状況をみて官軍が無事に入城できる状態を整え、官軍を蓬田まで迎えにくることとした。すべては三春領内においての戦禍を避けるためだ。それで舟田治良左衛門と影山正博、河野広中の三名は棚倉に残ってもらいたい」

主計は一同を見回し力強く言った。一同は誰もが緊張し「はッ！」と賛同した。だが広中は肩を透かされたような気がした。三春藩首脳がそこまで手際よく行動しているとは想像だにしていなかったのである。この緊急な事態に対して、藩首脳が何もできないのなら、自分が行動しようと考えていたのだ。またしても広中は頬を膨らました。

翌日の早朝、秋田主計たちは数人に分散し、またも変装して三春へ帰って行った。主計らの行動は同盟軍や、三春藩内の主戦派からも監視されているから、どこで襲撃されるか分からない。三春への帰路は来る時以上に命懸けの行動だったのである。

棚倉に残った三人はただの人質ではない。官軍が三春へ進軍する時の道案内であり、棚倉から三春までの地図づくりに参加し、行程の状況を説明する重要な役目であった。地図上の山の高さや川の幅から水の深さ、道路の坂の度合いや曲がり具合などを説明した。さらに三春城下の家並みや寺の配置や大きさなども聞かれた。広中は子供の頃から城下は勿論、近在の野山を駆け巡っていたので得意になって地図づくりに協力した。

ある時、官軍兵士と地図の作成をしていると、屯所の外が急にざわめき賑やかになった。広中たちが何事かと外に出て見ると、板垣参謀が陣中を見廻りに来るとのことであった。広中はこの時だと思った。兄の広胖でさえ面会を求めて会えなかったのだ。好機到来である。

やがて板垣参謀がやって来た。今まで広中の考えでは、一般兵士は直立不動で頭を垂れるのかと思ったがそうではない。どの兵士も立ったままであり平常の業務についていた。広中は外から屯所の中へ戻り仕事を続けた。暫くして数人の兵士を従えた板垣参謀が屯所に入ってきた。赤い陣羽織を着て獅毛をつけた兜を被っている。背が高くいかにも大将という感じであった。広中がチラリチラリと参謀の方ばかり眺めているので、一緒に仕事をしていた兵士が広中の袖を引いて注意をした。

「この者か、三春藩から来たという男は？」

官軍とは別な姿の者に気づいたのか、板垣参謀は広中の近くにやって来た。地図を作製していた兵士がやや緊張しながら「はい！」と返答した。

「この川は何という川か？」

板垣は指揮棒で図面を指し、広中に直接言葉をかけてくれた。兄の広胖よりは若いが広中よりは大分年上だろう。太い声であった。

「はい、阿武隈川と言います」

「この川を境にして三春藩と二本松藩があるのか？」

「はい、こちらが三春藩。対岸が二本松藩です」

「わが軍が三春に入り、この川で賊軍と対峙した時、二本松の賊軍はこの川を越えて進撃して来ると思うか？」

「鉄砲や大砲ぐらいは発砲してくるかもしれませんが、人馬が川を越えることは難しく、また川を渡る船も近在には乏しく、二本松藩が進撃して来るとは思いません」

広中はきっぱりと答えた。板垣はその落ち着いた対応ぶりに感心したようであった。

「そうか。わが軍の道案内を頼むぞ」

「はい！」

板垣参謀は屯所を出て行った。広中は感激し、いつまでも興奮が醒め切らなかった。

翌日、官軍は突然棚倉を出発し動き出した。行く先は知らされなかったが、兵士たちは須賀川だと言った。広中たちは参謀本部の近くにあって、歩きながら「あの山は何という山か」とか川の名前を聞かれ説明をした。

出発当日は石川まで進み、その夜は石川の郊外に野営した。翌日は敵軍からの奇襲攻撃などを警戒して蓬田まで進んだが、戦闘はなかった。

まだ夕刻には早かったが蓬田で野営と決まった。宿営の準備が整い広中たちが休んでいると「白河の官軍が須賀川に向かった」との噂がひろまり、この軍も須賀川が攻撃目標だと兵士たちは話し合っていた。だが広中たちは、秋田主計が三春へ戻る時「蓬田へ迎えにくる」との約束をしたのでそれを信じていた。従って須賀川への情報は偽りだろうと考えた。それを裏づけるように広中らは、参謀本部の上部兵士から田母神から下枝や赤沼方面、そして三春近郊の地形を詳しく訊ねられた。

「秋田さまは蓬田まで迎えにくると言ったがまだ見えてない。三春城下はどうなっているのか不安だ。おれが三春へ戻ってみるかな」

広中は三春の状況を心配して言った。

「心配するな。そのうち迎えにくる。今官軍は須賀川攻撃と見せかけて、三春城下の同盟軍を須賀川へ誘い出し、手薄になった三春へ一気に入る作戦かもしれない」

舟田は低い声で広中と正博に言った。

「そう言えば、磐城方面の官軍は小野新町へ進撃し、三春の同盟軍が迎え討つため、城下を出たと兵士たちは話していた」

正博も情報を集めていた。

「三春に進駐している同盟軍が手薄になれば、官軍の三春入城も容易になるべな」

広中はそう考えることで心を落ち着けた。

「官軍上層部は、わざと須賀川を攻撃すると兵士に漏らしているのだ。兵士の噂は近隣の百姓町人にも伝わり、同盟軍にも伝わるからだ。それに秋田さまは官軍参謀と打ち合わせて三春に帰ったのだから大丈夫だ」

舟田の判断は正しかった。官軍が蓬田に到着した日の夕方になって、秋田主計などの藩士と広胖が三春から戻ってきた。

「今、三春の状況を秋田さまたちが官軍の参謀殿に報告し、話し合いをしている」

広胖はやや興奮気味に言った。彼の話によると三春藩首脳は恭順の準備を整え、城下の同盟軍は須賀川方面へ出発し、手薄になっているとのことだった。

その報告を受けた官軍の行動は早かった。次の日早朝に進軍の命令が下った。蓬田を出発した官軍は須賀川へ向かわず、田母神から下枝と赤沼へ出て一気に三春城下へ向けて進撃した。やがて官軍の先方が三春近郊の貝山村まで進んだ時、三春藩主名代の秋田主税が藩士を従えて出迎え、正式に三春藩の降伏文書を官軍参謀板垣退助に手渡したのであった。

これにより官軍の進撃は中止され、官軍は三春郊外で宿営した。いよいよ三春城下への進駐は明日と決定したのだ。広中たちが得た情報によると、城下には官軍に抵抗する藩士はなく、城下に残った同盟軍はそれぞれ郊外へ逃げ出したという。またお殿さまは城を出て菩提寺に入って謹慎し、藩士も町人も城下は官軍の受け入れ態勢の準備をしているとのことだった。

翌日、すなわち慶応四年七月二十六日、広中たちは官軍の先頭に立ち、三春城下へ笛や太鼓の音と共に入城した。広中の顔は得意満面であった。新しい時代の幕開けを告げる、新政府軍を無事に三春城下へ先導できたからである。

第三章　民会を開く

戊辰戦争において、三春藩が無血開城してから二ヶ月後の九月に会津藩が降伏し、奥羽越列藩同盟は崩壊した。仙台藩や米沢藩は戦わず、その前に降伏していたからである。天皇は京都から江戸へ移り、年号は慶応から明治となった。その後は五稜郭での戦いなどがあったが、官軍側の大勝利で日本国は一変した。新政府は「版籍奉還」で全国の大名から土地と人民の支配権を取り上げ、さらに「廃藩置県」で各藩を廃止するなど、めまぐるしく行政改革を断行した。

三春藩は三春県となり、さらには磐城平に県庁のある磐前県に合併させられ、三春には支庁が置かれた。もはや三春藩は解体され藩主の秋田公は東京へ移り、藩士だけが役人の時代は去った。行政の長官は中央政府から任命され、有能な者は百姓、町人でも役人に登庸される時代になったのである。

河野広中は兄の紹介で明治二年（一八六九）に、若松県の捕亡吏という犯罪を取り締まる小役人になった。やがて三春に移り、捕亡吏や神社関係の祠官などを務めた後で、明治六年（一八七三）に磐前県第四大区小十四区の副戸長になった。旧三春藩領の常葉地方十二ヶ村の行政を司る副長官である。

その日は、麦畑の穂なみがゆれて菜の花が咲き、誰もが眠くなるような日和であった。大滝根川のせせらぎを聴きながら、三春より常葉に通じる街道を人馬がのんびりと歩んでいる。だが馬上の広中は居眠りなどしていない。左手に持った書物に夢中だ。馬上にいることすら忘れている。右手の手綱が緩んでいるので馬がのんびりと歩んでいるのだ。

「広胖兄ちゃんが言っていたのは、このことだったのか」

広中は大きく頷き、馬の背にゆられながら書物をめくり、西欧人とは素晴らしいことを考えるものだと感心した。今日は三春の支庁に公用で行き、帰りに大町の川又貞蔵から譲り受けてきたのがこの書物である。西欧人のジョン・スチュアルト・ミルの著書で中村敬宇の翻訳した『自由之理』という本であった。

難解な文章だが簡単に要約すると「人間は生まれながらにして平等で、士農工商などという差別はない。従って何人からも束縛されることはなく、人間は一個人として自由に生きる権利がある。国家は王様や将軍など特定の方のものではなく、国民すべてのもので国民が統治すべきである。従って国民は誰もが政治に参加する権利がある」というのだ。

広中は、なるほどと思った。そして兄広胖の言葉を思い出した。

「政治とは国王や将軍が上から押しつけ執行するものではなく、国民の意見をよく聞いて集約し、その結果によって執行するものなのだ。従って権力を握った者が自分勝手に年貢や税金を集め、また勝手に使ってはならない。国民の意見を聞きながら政治は執行しなければならないのだ。では国民の意見を聞くとはどうすることか。何千万人の国民を一同に集めて意見を聞くことはできない。そこで各地方から国民の代表を集めて、国民の意見を聞きながら、税金の使い道など、政治を執行するのが議会であり、代議制政治なのだ」

広中の心は急に明るくなり、目の前の秀峰、田村富士がまぶしく感じられた。

イギリスやフランス、アメリカでは議会を開き、国民の意見を聞きながら政治を執行しているという。しかもフランスやアメリカは政治を執行しているのが王様でも将軍でもない、国民から選挙で選ばれた大統領という国民の代表なのだ。わが国では戊辰戦争で徳川幕府が倒れ、新政府が樹立されて六年になるが、新政府は果たして代議制政治や、国民に自由、平等、権利を与えるなどということを考えているのだろうか。明治維新で権力を握った薩摩や長州など一部の者たちが、勝手に専制政治を行っているのではないか。これではいけない。西欧の諸国が大国となって繁栄しているのは代議制政治を取り入れ、国民すべてが国の政治に参加しているからだ。わが国もすべての国民が国の政治に参加して国家の繁栄を考え、西欧諸国に追いつかなければならないのだ。

広中は命を懸けて戊辰戦争を戦った。新しい世の中をつくるため新政府に期待をかけ、三春に官軍を導き入れたのである。その上、会津討伐にまで従軍して戦ったのだ。それがどうしたというのだ。新政府は国民を政治に参加させることもなく、ただ税金を巻き上げているだけで、徳川幕府と同じではないか。広く会議を興し、国民の意見を聞くという「五箇条之御誓文」はどうなっているのだ。

「そうだ。政府がやらないのならば自分たちでやろう。自分も現在は磐前県第四大区小十四区の副戸長である。行政を司る身ではないのか、区民から集めた税金を勝手に使うべきではない。区民の意見を聞く会議を開き、行政を執行すべきなのだ」

広中は突然、体中が熱くなるのを感じた。いつの間にか目の前に移ケ岳が大きく迫っていた。あの山のふもとが彼の勤務する小十四区の常葉だ。

「よし、常葉に民会を興し、代議制政治をやろう」

広中は大きく頷くと常葉の町を見下ろした。常葉は阿武隈の山々に囲まれた小さな町である。三春から相馬に通じる街道に沿った宿場町で、戦国乱世の頃は常盤氏が館を構えており、その城山が町の背後にそびえ立っていた。磐前県は磐城平に県の本庁があって、三春には第四大区の支庁があり、常葉には小十四区の区事務取扱所があった。

「石田戸長はどこにいますか」

入口の障子戸を開くと事務所内に戸長の姿がない。広中は大きな声で叫んだ。中の者たちは驚いて顔を上げた。彼は特別に大声を出したつもりはないが、気が高ぶっていたのでつい声が大きくなったのだ。

「石田戸長は今外出しております」

若い小使いが立ったままで言った。

「どこに行ったのだ」

「山根村に起きた訴訟の件で出かけて行きました」

「そうか、しょうがないな」

広中は吏員の安瀬敬蔵の所へ行った。

「安瀬さん、この第十四区に民会、つまり区議会を興そうじゃないですか」

「民会？」

「あなたもご維新の時、天朝さまが発せられた『五箇条之御誓文』を知っているでしょ」

安瀬は広中の部下だが八歳も年上であり、堀田村の庄屋の生まれで学があった。

「知っております」

「その中に『広ク会議ヲ興シ万機公論ニ決スベシ』というのがあったろう。つまり区の行政を執行するのに、区民の代表を集めて会議を開き、区民の意見を聞くということだ」

「なるほど、区民の代表を集めての議会ですか」

安瀬も代議制政治については知っていた。

「西欧のイギリスやフランス、アメリカではすでにやっていることだ」

「私も話には聞いておりますが、この十四区でやるのですか」

「そうだ。行政は区民から集めた税金を使うのだから、我々だけで勝手に使うのではなく、区民の意見を聞き、その年度の予算をどう使うのか決めていく政治だ。また、税金の割当てや労役の負担など、さらには物品の納入について上から命令するのではなく、会議で議論をして納得した上でやるということだ」

「なるほど、それはいい考えですが、まだ国も県もどこでもやっていませんね」

「だから、どこでもやっていない議会政治をこの常葉でやるのだ」

広中の顔は紅潮し、目は輝いていた。

「私も協力します」

「よかった安瀬さんにそう言ってもらって、宜しく頼むよ」

広中は安瀬の同意を得て自信を持った。

やがて石田覚平戸長が外出から帰ってきた。広中は待ってましたとばかりに、民会の話を持ち出した。

「石田戸長、この小十四区に民会つまり区議会を興し、区の行政に区民の意見を取り入れるようにしては如何ですか」

「なに――？」

突然の話に石田は広中の顔をただ見つめている。

「区民の代表を集めて意見を聞き、行政を執行すると言うことです。つまり――」

広中は今まで得た知識のかぎりを尽くし、代議制政治の必要性を説いた。彼は自分の話に熱が入ると、上司を目上の人間とは思わないところがあった。官吏になったというのに、子供の頃からのガキ大将気分がまだ抜けていないのだ。年上の者であろうと目上の者であろうと、構わず雄弁に喋りまくった。

「まだ、その時期ではない」

石田戸長はやや苛立ち気味に言った。

「我々が行政のために使うお金は、区民から強制的に集めた血税です。その税金をどう使うか、区民の意見を求めるべきです」

「そんなへ理屈は百も承知だ。だがどこでもやっていないじゃないか」

「日本ではありませんが、イギリスやフランスでは国の政治はもとより、下々の町村まで議会を実施しております」

「それは西欧の一部の国の話だ。県や国でもやってないことはやらん」

「国内のどこでもやっていないから、この常葉でやるのです」

広中の声は大きくなった。

「よいか。第十四区の戸長はこのわしだ。おまえに指図される必要はない」

ついに石田戸長は声を荒げて怒鳴った。

広中は頭を下げ、引き下がる以外にない。

「あの石頭のバカ戸長では話にならん」

広中は安瀬の机の前まで来ると舌を出し、低い声で言った。どうなることかと心配し、見守っていた安瀬の顔は強張っている。


「あなた、ご飯が冷えますよ」

タミは夕飯の準備ができても食膳につかない夫を促した。

「――――」

広中は腕を組み、口をへの字に結んだままである。

ランプがひとつ、部屋の中をぼんやりと照らしていた。子供はいないがもはや新婚ではない。広中は三年前に若松県で準捕亡吏をしていた時、タミと結婚をした。そして次の年の春に女の子が生まれたが間もなく病死し、現在は二人だけだった。

「あなた、どうしたの？」

「うん――」

「家に帰ってきてから、黙ってばかりいるじゃないの？」

「ちょっと石田戸長とやっちまってな」

「またやったの、呆れるわ。いつも上司と喧嘩ばかりしているのだから――」

タミは眉をひそめて夫を眺めた。

広中は若松県に出仕していた時、偽札取締りの件で上司と争い辞めていた。その後三春藩にやはり「捕亡吏」として採用されたが、この時も秋田家の旧家老であった藩首脳の賄賂に関わる不正を追求し、ここでも上司との争いで、明治四年（一八七一）九月に芦沢村の神社などを統括する祇官に左遷されたのであった。その後三春県は磐前県に編入され、広中は明治六年二月から現在の職に就いて常葉に越したのである。

「また辞めさせられるの、もう引越なんて嫌ですよ」

結婚した若松から三春、そして芦沢、さらに常葉と一年ごとに引越をしているのだ。タミでなくとも嫌になってしまうだろう。

「――――」

広中は返事をしなかった。

数日後、広中は公用で磐前県の三春支庁を訪ねた。

「第十四区の副戸長の職を辞めさせて下さい」

突然に辞表を出した広中に、滝川支庁長は驚いて広中の顔と辞表を見くらべた。

「どうしたと言うのだ?」

「民会の話を持ち出したら、石田戸長に反対されたのです」

広中はこの時とばかりに、小十四区に全国で初めての民会を興し、区民の意見を取り入れた議会を開いて、新しい政治を行いたい旨を説明した。滝川は珍しい話に大きく頷き、関心を示した。広中はますます雄弁になって議会政治の必要性を力説した。

「よし、話は分かった。とにかく辞表は下げておけ」

「でも、もはや石田戸長の下での仕事はできません」

広中は、この滝川支庁長なら話が分かると思い強く訴えた。

「河野君、君の熱意には感じ入った。なんとか君の夢が実現するように努力をする。まあ、それまで我慢をして今まで通りやっていてくれ」

「分かりました。よろしくお願いします」

石田戸長に辞表を出したらそのまま受理され、職を失ったかもしれない。だが滝田支庁長なら話は分かると思った。


その後、滝田支庁長は広中との約束を守った。その年の十月に石田戸長は磐前県第四大区小十二区の戸長に転出し、広中は晴れて小十四区の戸長に任命された。彼は大いに自信を持ち、副戸長に安瀬敬蔵を指名し、いよいよ民会の実施に乗り出した。

小十四区には十二の村があった。区会をどのような組織に仕上げ開催するか、広中は議会制度の在り方や議会の運営方法、代議員の選出方法、さらには会議の方法や議事録のまとめ方などを検討したが、何分にも見本となるものがない。日本国内では未だどこでも実施していないのだ。海の向こうの西欧まで行って見てくるわけにもいかない。

「新政府の連中はアメリカやヨーロッパを視察してきたそうだが、おれたちも異国の議会というものを見聞したいものだな」

広中は安瀬と毎晩深夜まで議会なるものを模索し、区議会開設の準備をした。

「政府の連中が見聞してきたって、実施しなければ何もなりませんね。我々で考えるより仕方ありませんよ」

「そうだ手探りでも、とにかく区議会を開くことだ。始めよう!」

二人はいろいろ検討し、自分たちなりに区議会制度の「民会規則」をつくり、実施に向けて準備を進めていった。

まず区民の代表となる、議員の選出方法をどうするかである。

「西欧では人民の代表を選挙で選出するというが、選挙つまり入り札をどのように区民に説明するかだ」

「区民全員の入り札というのをやればよいが、今の時点では区民全部に代議制政治を説明し、理解してもらうのは大変ですね。この小十四区は三春の城下とは異なって阿武隈の山村です。まだ区民の中には字も満足に書けない者も多いのです」

安瀬の家は常葉からも数里離れた山村である。彼は村人の教育程度を知っていた。

「最初から選挙によって議員を選出するのは無理だな。それでは各村の総代や用掛に、各村から議員を選出してもらい、議会を開くことにするか」

「それがいいです。総代や用掛は藩政時代の庄屋や組頭などですから」

広中たちはまず各村々を回り、各村の代表である用掛や総代、伍長などに代議制政治としての「区議会」について話をした。

「区議会とおっしゃいますけども、現在も事務取扱所での会議を時々やっているのではありませんか」

小十四区ではどこの区でもやっているように、三春支庁から区民に対する行政事務の通達事項について、各村の総代を集め、定期的に会合を持っていた。その内容は納税の徹底や道路工事などの人足割り当て、農作業や生活上の指導などであった。

「あれは本庁からの通達で行政の事務連絡だ。区民の意見などを聞くものではなく指示するだけだ。区議会というものは区民の意見を取り上げながら、行政を執行するということだ」

村内では知識層と言われる用掛や総代でさえ、民会や代議制政治などと言っても、その中身がさっぱり理解できなかった。彼らが庄屋や組頭と言われた藩政時代から、「まつりごと」つまり政治とはお上が執行し、下々の者はその命令に従うというもので、下々の者が政治に口出しするものではないというのが、現在までの常識であったからだ。

「いわゆる『まつりごと』とは上から命じて行うものではないのだ。政治とは人民から徴収した年貢や税金を、どう使うかだ。お上が勝手に使うべきものではない。税金を納める者の意見を聞いて、道路や集会所をつくったり、火事や災難に備えたり、区民の病気や災害予防などに使うべきものなのだ」

「みんなで集まってお上に意見を述べるということは、年貢の減免や役人の罷免などを要求し、訴訟や一揆の相談をするのかい？」

「いや、訴訟や一揆の相談ではない。みんなで話し合うということだ」

「区のまつりごとを、区民が相談して行うということかい？」

「その通りだ。各集落での『寄合い』と同じだ。寄合いは集落内での葬式の手伝いや道路普請から農業用水の管理まで、集落民が集まって相談して決める。集落は戸数も少ないからそれもできるが、区になると戸数も人口も多くなる。それで代表を出して相談をするのだ」

広中たちの真剣な話に、村人たちも興味をもってきた。

「なんせ、この小十四区だけで村が十二ヶ村もあるから、集落の数は百にもなる。戸数は何百戸、人口は何千人だ。そこで全戸が集まっての相談はできないから、各村から何人かの代表を出してもらって、その代表が集まり話し合いをするということだ」

「つまり村の代表が議員となって集まり、政治を話し合うわけですか」

「その通りだ。これを代議制政治と言うのだ」

広中たちのねばり強い説得で、徐々に民会というものが理解されていった。そこで広中たちは各村に、戸数の少ない村は最低でも一名、戸数の多い村には二、三名の議員を割り当て、選出してもらった。

明治六年十二月に河野広中は国内では初めて、区民代表による区議会を召集した。会場は以前戸長役場だった空屋を改修して使用した。やがて各村から選出された区会議員が集まってきた。総勢が二十三名ほどで大部分は旧庄屋や地主、豪商と言われる地域の指導者であったが、中には神官や寺の和尚もいた。初めての議会で彼らの服装もまちまちである。紋付羽織の者もいれば普段着の綿入れ袷の者、神官や和尚などの正装と多様であった。また議員を引き受けながら、初議会から欠席する者もいた。彼らにはまだ議会の重要性が、それほど理解されなかったのかもしれない。

「それでは大部分の方がお集まりになりましたので、ただ今より磐前県第四大区小十四区の初区議会を開会いたします」

司会役の安瀬が開会を宣言した。続いて小十四区の戸長でもあり、この区議会を招集した広中の挨拶である。

「本日は磐前県第四大区小十四区の区議会を開催いたしましたところ、議員の皆さま方には何かとご多用の中にも拘らず、ご出席をいただきまして誠にありがとうございます。

今回、この区議会を開催するに当たり、皆さま方には代議制政治の重要性をご理解し、区議会議員をお引き受けいただき、衷心より厚くお礼を申し上げます。何分にも議会というものは、県内は勿論、国内においても初めてのことであり、未経験のことばかりで不手際があるかと存じますが、その点はご容赦いただき、提案議事の慎重審議をお願い申し上げまして、私の挨拶といたします」

広中はこの時まだ二十三歳であった。副戸長の安瀬は勿論、議員の大半が年長の者ばかりで、中には親子ほど年の離れた五十代後半の大先輩もいた。だが広中の態度は誰にも引けをとらなかった。

「次に議員の代表である議長ですが、皆さんの中からどなたにお願いしたらよいか、推薦、自薦をお願いします」

議長の選出は最初なので、選挙でなく話し合いで決めることとした。

議長が決まるまで安瀬が司会をやった。

「誰といっても分からんので、議員の中で最年長の方に議長をお願いしてはどうかな」

前列に座った新田作の渡辺久蔵が言った。

「よかんべ」

後ろの方に座っていた常葉の増子市三郎が賛成した。

「それでは最年長の方に議長をお願いすることにして異議ありませんか」

「異議なし」

安瀬は議員台帳を取り出した。

「最年長の方は山根村の吉田徳蔵さんですので、宜しくお願いします」

中ほどに座っていた紋付羽織の老人が前へ出てきた。

「年寄りは出てくるものじゃないな。こんな大役を頼まれるのではな。そんで議長とは何をやんだ？」

吉田は最年長といってもまだ五十代だ。まだまだ元気である。彼は勿体ぶっていろいろ言ったが地方の豪農で、広中が区会の話を持ち込んだ時、代議制政治をいち早く理解した人物でもあり、議長には最適任者だった。

「まあ、集落の『寄合い』の座長のようなもんですから、宜しくお願いします」

安瀬が議長の仕事を簡単に説明した。

「ただ今、この小十四区議会の議長に選出された山根村の吉田でございますが、何をどうやるのか全然分からないものですから、皆さま方のご協力を宜しくお願いします」

吉田議長は落ち着いた態度で、型通りの挨拶をした。

「こんなことをやるのは初めてだもの、当たりまえだべ。爺さまガンバレ」

後ろの方で野次る者があり、皆がどっと笑った。

「そんでは分からないなりにやりますから、戸長の方から提出議案の説明をお願いしやす」

いよいよ議事に入り、広中は提出議案の説明を行った。

「第一号議案『民会規則』制定の件ですが、これは議会を円満に運営するために一定の約束ごとが必要かと思いますので、これを『民会規則』と名づけてここに貼り出しました」

和紙に大きく書いた「民会規則」を広中は議場正面に掲げ、第一条より朗読して細かくその内容を説明した。

全文十ヶ条からなるものであったが、規則を作成した広中や安瀬も素人ならば、説明を受ける議員も素人である。何を質問し何の議論を交わしてよいのか分からない。

「まあ、議会を円満に運営するための決まりごとだべ。議会を何度か続けているうちに不都合なことがあったら改正することとして、原案通りでいいべ」

鹿山村の議員の発言で『民会規則』は広中らの提案通り承認され決定した。

次はこの区議会の最重要議題である、次年度の予算の審議であった。

「次は来年度の予算であります。国や県へ納める税金つまり上納金は別として、地方税の区費をどう使うのかは大変に重要なことです。そこで磐前県第四大区小十四区での、地方税の使い道について『次年度の予算案』としてここに提案いたしますので、区民の代表としてお集まりいただいた議員の皆さんに、審議をお願いいたします」

広中は次年度の予算案を議場正面に貼り出し、一項目ごとに説明をした。土木費、衛生費、災害予防費、児童教育費、貧民救済費などから、議会費、事務費や人件費などであった。このような区行政の予算など、今まで知らされていなかった議員たちは、予算の数字を初めて見る者もあり、『民会規則』の審議とは異なり、ざわめきが起こった。

「土木費とは何なんだ。おら方の道路なんか藩政時代のままだぞ」

「教育費だって、学校に通わせるのには銭を出していっぺ、こんなに必要なのか」

「土木費を増やして、大滝根川に橋を架けてほしいな」

「いや、教育費も大切だ。明治五年（一八七二）に学制が公布されたが、いつまでも寺子屋では仕方ないべ。学校を建てるべきだ」

「いやいや税金は高すぎる。こだにいっぱい使わないで、税金を安くしてほしい」

「我々議員は無報酬だが、議会に出た日当ぐらいはくれるのかな」

勝手な意見があちこちから起こった。当然かもしれない。

広中は質問者の対応に追われながらも、できるだけ丁寧に説明した。質問があるということはそれだけ関心があるということだからだ。広中は安瀬や職員に資料を持ってこさせて説明をした。

「皆さんからの貴重なご意見ありがとうございます。区内において対応できるものについてはできるだけ実行するようにします。また県や国に要求するものについては、三春支庁の方を通じて県や国に要望したいと思います」

「いや、今まで知らなかったことを大いに知ることができた。我々が納めた税金がどう使われるのかなど、予算を知ることは大変によいことだ」

久保村の議員が頷きながら言った。

「それでは提案した予算案やその他の協議事項について、原案通り承認するということで異議ありませんか」

「賛成だ。異議なし」

異議なしの声に議長が採決を取り、広中が提案した議案はすべて、満場一致で可決し承認された。

「大変にありがとうございました」

広中は立ち上がると、議長と議員全員に深々と頭を下げた。

「それではその他のことで何か相談することはありますか？」

議長の話に後ろの方から普段着の綿入れを着た議員が手をあげた。

「県庁のことについて訊いてもいいかな」

「何でしょうか？」

「県はこのような議会を開かず、勝手に馬の競り市での『歩金』を徴収しておりますが、あれは不当ではないのですか？」

常葉地方は三春駒の産地である。どこの農家も馬を飼っていた。馬は農耕作業にも使ったが、仔馬を育て販売していたのである。農家にとっては土手の草を与えるだけで得られる大きな収入であった。磐前県はその馬の売買値に「歩金」つまり税金を課税していた。

「確かに馬の競り値に歩金を課税するのは私も納得がいかない。しかし県の方でやることなので、区としてはどうなのかな。戸長、説明をして下さい」

議長は広中に説明を求めた。

「私も県のやり方は不当であると考えますので、県庁に馬の競り値に歩金を課税しないように交渉してみます」

広中は議会に約束した。

「それではこの件については戸長に一任すると言うことで、他に何か審議することはありませんか」

「なし――――」

「それでは他になければ、本日の協議事項はすべて終了しました」

議長が挨拶をして自席に戻ると、司会の安瀬が発言した。

「議長さん大変にご苦労さまでした。また議員の皆さま方には初めての区議会にご協力いただき、無事終了いたしましたことに深く感謝を申し上げます。これからもこうした議会を継続していきたいと思いますので、宜しくお願いいいたします」

広中たちは議員に向かって深々と頭を下げた。

「いやはやたいしたものだ。こうして予算のことや行政についてみんなの意見を聞くということは素晴らしいことだ」

議員たちが広中の前にやって来て、初めての区議会の感想を述べた。

「今まではお上が勝手に年貢や税金を使っていたのを、こうして我々の意見を聞いて使うというのが正しい政治なんだべな。馬の競り値の歩金のことも宜しく頼むよ」

「分かりました。区議会で決議した要望ですので県の方に交渉し、県の方で承知しない時は私の判断で歩金は県へ納入しないことにします」

広中はきっぱりと言った。

「お願いしますよ。これも区議会を開いたから出た意見だ。議会を開かなかったら県に要望もできないものない」

「県に要望するのにも区議会で決議して提出するのと、ただ要望するのでは違います」

「そうでしょう。河野戸長が我々の話を聞いて区を治めて下さるのだから、我々も河野戸長の行政には協力するべ」

議員から民会の実施を称賛する意見が続出し、初めての区議会は円満に閉会した。

「いろいろ意見はあったが最後にはみんな理解し、提出した議案はすべて原案通り承認してもらったのだから、初めての区議会としてはまずまずだったな」

「大成功ですよ。あれだけ質疑が活発だったということは、区議会に対して議員の関心が高かったということです」

「そうだな、まだまだ不充分なところはあるが、今回は民会を開催させるのが目的だったのだから、初回の区議会でおれは民会に自信がついた。とにかくこれで区民の政治に対する関心は高まった。安瀬さん、今後も協力を宜しく頼むよ」

広中は、安瀬の手をがっちりと握りしめた。

第四章　地方官会議

明治七年（一八七四）九月に磐前県では大規模な行政改革を行い、河野広中は第四大区小十四区の戸長から第五大区小七区の区長に移動させられた。常葉より南へ直線距離で十里ほど離れた、石川郷を管轄する行政区である。事務所は「石川会所」と呼ばれ石川郷の大庄屋であった、鈴木荘右衛門宅の離れを借りていた。

妻のタミも常葉から呼び寄せ、会所からほど近い「吉見屋」という宿屋の貸部屋を借りて住んだ。

「常葉も山の中だったけども、ここも山の中だね」

「同じ阿武隈山系だから、三春も常葉も石川も同じだ」

広中たちが結婚した若松は会津の高い山々に囲まれているが、盆地で広々としていた。石川や三春は窓を開けると小高い山の斜面が迫っている。

若松から三春に転勤した時、広中たち夫婦には娘が生まれたが生後間もなく亡くなり、しばらく夫婦だけだったが、石川に来て来春また子供が生まれる予定だった。

「吉田さん、この石川区に民会を興そうと思うのですが、どうですか」

着任して間もなく、ぶらりと会所の窓口に姿を見せた吉田光一に広中は話しかけた。

「民会ですか。あなたが常葉でやっていたというヤツですな」

吉田は近在の石都々古和気《いわつつこわけ》神社の宮司である。広中より四歳年長で広中が当地に赴任した時から、会所へ度々顔を出していた。

「まあ、時間がとれるようだったら上がって、お茶でも飲んでいったら」

「それじゃ、その民会とやらを聞かしてもらうかな」

吉田はのっそり上がると、事務所奥の来客用椅子に腰を下ろした。

「身体の方はどうですか？」

この前来た時、風邪気味だと言った吉田を広中は気づかった。

「いや、もう大丈夫です。もうすっかり秋ですな。城山の楓が色づいている」

吉田は北側の窓から背後の山を眺めて言った。

石川会所の裏を今出川が流れ、背後には城山がそびえていた。徳川時代は白河藩領や幕府の天領となっていたので殿さまはいなかったが、戦国時代までは大和源氏の流れをくむ石川氏が城郭を構え、近隣を支配していた。石川氏は小田原討伐に参陣が遅れ、太閤秀吉の奥州仕置きで城と領地を没収された。その後は縁戚であった伊達家の家来となり、仙台に移ったのだった。

「もう十一月ですからね」

「お役所では太陽暦を使っているから、もう十一月ですか。この辺じゃまだ誰もが旧暦だからまだ十月だよ」

吉田は若い給仕が持ってきたお茶を飲みながら言った。

「二年前から政府の命令で官庁は暦が西洋風になりましたからね」

「寺子屋を学校にとの『学制令』や、百姓が兵隊となる『徴兵令』、そして『地租改正』などなど、次々と政府から命令が出て、世の中は変わりますな」

「学制制度にも徴兵令や地租改正にも、行政や国民が追いつくのは大変です」

「子供を学校に上げるようにするのはよいが、授業料が高くて上げられないと、下々の者は嘆いている。また百姓は無理やり兵隊にとられると恐れているし、土地に税金がかかり負担が重くなったなどと農民は怒っている」

吉田は地域の者たちの様子を話した。

「薩長の藩閥政府が専制政治を行っているから、けしからんのです」

広中は語気を強めて言った。

「この『五箇条之御誓文』を政府は忘れたのかな」

吉田は会所の床の間に掲げてある掛け軸を指さした。

「そうです。政府は戊辰戦争の時に、この『五箇条之御誓文』を唱えながら、その公約を忘れているのです」

「つまり『広ク会議ヲ興シ万機公論ニ決スベシ』か」

吉田は神官だけに学もあり、すべてを知っていた。

「そうです。この精神です。広く会議を興すとは、憲法を制定し国会を開くということです。それなのに政府は憲法も制定せず、国会も開こうとしません」

「昨年の秋、征韓論争に敗れて下野した板垣退助たちが、今年の初めに『民撰議院設立建白書』を政府に提出したそうですな」

「出しました。『民撰議院』つまり国会です。でも政府は国会を開こうとしませんので、私が地方から議会政治を興したのが、常葉で実施した民会です」

広中は身を乗り出して説明した。

「いや、あなたの興した民会は私も噂に聞いておりました。素晴らしいことです」

「知っておりましたか」

「知っていましたよ。あなたがこの地の区長に赴任して石川に来るというから、私は待っていたのです」

「そうですか。常葉では大成功でした」

広中は、やや自慢気に常葉での民会のことを話した。

「そうだ。荘右衛門さんはいるかな」

真剣に広中の話を聞いていた吉田は、思いついたように母屋の方を眺めた。

「いるんじゃないかな。呼んでみますか」

広中は給仕を鈴木家の母屋まで走らせた。鈴木家は石川郷随一の大庄屋らしく見事な門構えで屋敷内は広く、大きな母屋の他に隠居や土蔵などの建物も数棟あり、植木が茂っていた。

「やあ、宮司さんもおいでだったのですか」

荘右衛門は下駄ばきでやって来た。広中よりは七歳年上である。庄屋が廃止になった後は戸長などをやっており、昔からの大地主だった。

「これはこれは、忙しかったでしょうに。呼び立てて申し訳ありません」

「なあに、庭を眺めていただけだよ」

「まあ、こちらに座って下さい。この前も話した民会のことを、今吉田さんと話していたところです」

広中は荘右衛門を来客用椅子に案内し、民会のことを改めて説明した。

「それは結構なことですな」

荘右衛門は前にも何度か、民会のことは聞かされているだけに理解が早かった。

「それでは河野さん、あなたは常葉で経験しているのだから、まず基本となる『民会規則』を制定して下さい」

吉田は年長にも拘わらず、広中に敬意を表した言葉で言った。

「そうですな。その上で多くの仲間に呼びかけ、各地から議員を選出して民会を開くことだ」

三人の意見は一致した。後は行動するのみである。

その後、広中は常葉の時と同じく各地を駆け回り、議会政治の必要性を説いて石川区でも民会を開き、区民の意見を取り入れながら行政を執行したのであった。


次の年の三月、広中夫婦に待望の女の子が生まれた。お産は鈴木家の女主人である荘右衛門の奥さんと娘さんにお世話になった。丸々太った男のように元気な赤児であった。広中はあれこれ考え、「タカ」と命名した。

そんな時、広中は磐城平の県庁に用事があって出向いた。そして用事を済ました後で、影山正博を平の官舎に訪ねた。正博は昨年の行政改革で平の副区長になっていたからである。

「やあ、広中さん。これは珍しい」

戊辰戦争当時からの同志である正博は、広中を快く迎えてくれた。

「県庁からこんな近くに正博さんの官舎があるのに、訪ねたのは初めてだ」

磐前県庁は磐城平城の郭内にあり、平の区役所も近くだった。

「平は暖かいな、三春や石川とは比べものにならん。同じ磐前県とは思えない」

広中は羽織を脱ぎながら言った。

「三春の滝桜は咲いたかな。こちらは花見も終わったが」

正博は、しばらく三春に帰っていないようだった。窓から眺められる官舎裏の桜は、すでに葉桜だ。おだやかな春の風が若葉の香りを運んでくるのか、爽やかであった。

「正博さんは結構だな。こんな暖かい所の勤務でよ。しかも県庁所在地の役人だ」

「なにを言っているのだ。広中さんこそ、常葉の戸長から石川の区長に栄転だ。たいしたものだ。まあ酒でも飲むか」

正博は広中より三歳年上で、戊辰戦争当時は広中の兄の広胖と棚倉の官軍陣地へ、三春藩の使者となって行った。広中は子供扱いされて使節から外されたのだった。影山家は三春で薬種問屋などを手広く営む豪商である。彼は家族に店を任せ、役人をしていたので単身赴任であった。正博は台所から自分で酒と肴を持ってきた。晩酌のために準備しておいたものらしい。

「大変だなあ、遠慮なくいただきます」

「広中さんが、常葉や石川で民会を実行しているのは評判だ。フランスやアメリカにも負けない立派な議会だと言うじゃないか」

「外国のことは分からんが、自分なりに民意を尊重しながら行政を執行しているよ」

広中は新しい議会政治を自分の手で執行できるのが、何よりも楽しかったのだ。

「平区でも民会を興し、区議会を開設してはどうだい？」

「ダメだ、うちの区長は理解がない」

正博は広中に酒を勧め、自分も手酌で呑んだ。

「もっとも、おれは磐前県に県会を興すように陳情したが、取り上げてもらえなかった」

磐前県の村上光雄県令は比較的物分かりのよい人物だが、県首脳が面倒がって実施しなかった。また県民にも議会政治がなんであるのか、まだまだ理解されていなかった。

「あ、そうだ。そのうちに東京で地方の県令を集めて『地方官会議』が開かれ、その会議で地方の民会についても話し合われるそうだ」

「なに、東京で『地方官会議』が開かれ、地方の民会が議題となる？」

広中は膝を前に出した。

「そうだ。四月と言っていたからもうすぐだ」

明治六年の政変に、征韓論で敗れて下野した、参議の西郷隆盛や板垣退助らは郷里に帰り、ただ黙ってはいなかった。自分たちを追い出した明治政府に、対抗しうる方策を模索し始めたのである。西郷隆盛らは不平士族を結集し、武力で政府に抵抗しようとしていた。

それに対して板垣退助や後藤象二郎たちは、当時洋行帰りの知識層から急激にひろまった、西欧の自由主義や民主主義の思想を取り入れた「民権政治」を主張し、言論戦で政府に対抗しようと考えたのである。そこで彼らは明治七年に政治結社である「愛国公党」を結党し「民撰議院設立建白書」を政府に提出した。つまり憲法を制定して国会を開設する、議会政治の断行を政府に迫った。

一方、政権を握った大久保利通や岩倉具視らの政府も決して安泰ではなかった。武士社会の崩壊による不平士族の反乱や、徴兵制度や地租改正に反対する農民の一揆など、世情は不穏な動きに包まれていたからだ。そんな折に台湾問題で、参議の木戸孝允が政府を去り長州へ帰ってしまった。先に征韓論で薩摩の西郷隆盛や土佐の板垣退助が政府を去り、また長州の木戸孝允が去って、明治維新を成し遂げ新政府を支えていた元勲の三人が離反し、政府は重大な危機に遭遇した。

大久保はなんとかこの事態を打開しようと、木戸と板垣を大阪に呼んで会談し、今年の初めに二人を参議として政府内に復職させたのである。そんなことで政府は板垣たちの要望を聞き入れて、「地方官会議」を開催することにした。

「つまり地方から県令などを集めて意見を聞き、国の政治に反映させると言うことだ」

正博は県庁の近くにいるので、情報を得るのが早かった。

「そうか、政府が地方の代表を集めて会議を開くのか。つまり『広ク会議ヲ興シ』か」

「そうだ。しかもその会議では地方の民会についても議題とするらしい」

「それは素晴らしい」

広中の眼は輝いた。地方の代表を集めて会議を開くことは、やがて板垣たちが建白した民撰議院、つまり国会の開設につながることだからだ。地方の民会についても地方から盛り上がるのを待っているのではなく、政府が指導して全国に民会を興し代議制政治を取り入れるべきなのだ。

「すると、この磐前県からも誰かが出席するのだな」

広中の声は弾んでいた。

「勿論、磐前県からは村上県令が正式な代表として出席するだろうな」

「県令が――――?」

広中の顔が紅潮した。

「なんとかして、その会議におれも出席できないかな」

やや間をおいて、広中は真剣な顔で言った。

「まず無理だべな。県の幹部書記官でもない地方の区長ぐらいではな」

「そう冷たく言うなよ」

「まあ、酒でも呑めよ」

正博は広中に酌をした。

「酒はいいよ、それより『民撰議院設立建白書』の載った新聞があったら、見せてくれないか」

「あいにく広中さんは酒よりも女よりも、政治が好きなんだな」

正博は戸棚の書類をかき回し始めた。板垣たちは「民撰議院設立建白書」を政府に提出すると同時に、その全文をイギリス人のブラックが発行する「日新真事誌」という新聞に掲載した。政府に握り潰されるのをおそれ、国民に公表し訴えたのだった。

「あったあった、これだ」

正博は大切に保管していた新聞紙を広中の前に開いた。

「そうだこれだ。まったく素晴らしいことが書いてあるな。『人民政府に対し租税を納める義務あるものは、すなわちその政府のことを予知可否するの権利を有す』とな。おれが常葉で初めて民会を開く時に言ったのと同じ言葉だ」

広中は何度もその新聞を読み返し、体が震えた。自分が東京から遙かに遠い阿武隈の山地で声高らかに叫んでいたことが、いよいよ政府のある東京で、あの戊辰戦争の時にお目にかかった板垣さんたちによって活動を開始したのである。広中は今すぐにでも東京へ飛んで行き、板垣さんたちに会って「愛国公党」などの仲間に入れてもらい、同じ活動をしたいと思った。いや、仲間に入っての活動は無理だとしても、東京で行われる「地方官会議」に出席して、板垣さんたちに会ってみたいと強く思った。

「なんとかその地方官会議に出席してみたいな」

広中は出された酒を呑むのも忘れていた。

「広中さん、その会議には傍聴人も許されるということだ」

「なに、傍聴人――――？　それでもいいな。よし、正博さんと二人で行くべ」

「それはいい考えだ。二人で会議を傍聴すっかい。しかし傍聴人は各府県から二名となっていたようだったな」

「それでは正博さん。おれは明日の朝早く石川へ帰らなければならないから、あんたは県庁に行って会議の傍聴人を申し込んでくれないか」

広中は正博が年齢的に先輩なのも忘れて、押しつけるように言った。

「頼んではみるが、どうだかな」

正博は不安気な顔をした。

「とにかく正博さんは県庁のお膝元の役人だ。顔もきくだろう。頼むよ」

「まあやってみる――」

広中は約束して正博の官舎を出ると宿に戻り、次の朝早く馬で石川へ帰った。


だがわが家に帰ると、妻のタミはお産をしたばかりの身で臥せていた。広中は妻に地方官会議の話をしなかった。

そして五日後、県庁より上京の許可が下りたと正博からの手紙が届いた。傍聴人の申し込みは現在まで一人もなく、広中と正博だけだったからである。

広中は妻に東京行きを話した。

「お産をしたばかりのあたしと赤児を残して、東京へ行くの？」

「荘右衛門さんの奥さまに、おまえたちのことはよく頼んでおいたから大丈夫だ」

タミは赤児の方を向いたまま、返事をしなかった。

その後、広中が妻や子供のことは鈴木家にお願いし、上京の準備に勇んでいる時、思わぬ不幸が伝えられた。兄の広胖が病死したのである。まだ四十五歳の若さであった。幕末から戊辰戦争と新しい時代の夜明けを信じて行動し、維新後は若松県の官吏として出仕していたが、その無理が災いしたのか、最近は身体が悪いと三春に帰り養生していたのだ。広中が知らせを受けて石川から三春へ駆けつけた時、広胖はすでに帰らぬ人となっていた。六歳の時に父を亡くした広中にとって、広胖は父親代わりであった。特に広中が少年の頃新しい社会に目を開いたのも、戊辰戦争の時にあれだけ夢中になったのも、広胖の影響だった。さらには維新後に若松県に出仕してから、役人の道を歩んだのも兄のお蔭だった。広中は兄の遺体にすがりつき、大きな体をゆすって泣いた。

「兄ちゃんが夢に抱いていたフランスやアメリカのような、自由と平等の民権社会を目指して新しい国家をつくるため、兄ちゃんの遺志を継いでおれは頑張ります」

広中は兄の墓前に誓ったのだった。

その後間もなくして、戊辰戦争の時からの同志で、大先輩の安積儀作が病床に臥しているとの知らせで、広中が安積商店の屋敷に駆けつけると、彼は弱々しい声で言った。

「広中君よ、おれも近々あなたのお父さんやお兄さんの所に行くので、何かご伝言があったらお伝えしよう。しかし、ご返事は持って帰れないがね」

「なにを言っているのですか。あなたとは戊辰戦争の時に棚倉まで行って、官軍を三春に案内した仲ではありませんか」

広中は涙を流して叫んだ。

「おれの息子の三郎は、広中君を兄さんのように尊敬している。三郎を頼んだよ」

「三郎君は大丈夫です。私が面倒をみます。儀作さん元気を出して下さい」

広中は儀作の手をとって励ましたが、二人はこれが最後の別れとなった。広中の上京中に儀作は亡くなったからである。四十九歳であった。

広中は兄の喪中ということもあったので、上京は諦めようと考えた。ところが、最初の計画では四月に行われる予定だった「地方官会議」が、台湾出兵などの問題で遅れ、六月になった。広中は正博と一緒に上京した。


明治八年（一八七五）六月二十日、東京の浅草本願寺で全国から県令などの地方高官が一同に会し、政府主催の第一回「地方官会議」が、明治天皇ご親臨にて詔勅を賜り開かれた。

広中ら傍聴人は議員の席内に入ったり発言は許されないが、会場内の傍聴席で会議の様子を眺めることができた。会議は参議の木戸孝允が議長となり、幹事には兵庫県令の神田孝平、神奈川県令の中島信行、千葉県令の柴原和たちが就任して進められた。

「あの議長が参議の木戸孝允か。現政府では大久保利通と並ぶ大政治家だが、近くで見ると痩せていて半病人のような男だな」

広中は感じたままを言った。

「しかし幕末には長州藩を代表して戦い、新撰組に追われながらも生き残った桂小五郎ですよ。『五箇条之御誓文』を草案し、明治維新の改革を成し遂げた男で、この『地方官会議』の開催も彼の発案だという話です」

高知から来たという男が説明してくれた。

広中たちは、このような中央政府の主催する行事を傍聴するのは初めてだったので、政府首脳や全国から集まった地方高官の会議に感激し興奮していた。

「板垣さんもひな壇に座っているが、会って話をしてみたいものだな」

板垣は征韓論に敗れてから野に下っていたが、大久保、木戸との三者会談で参議に復帰した現閣僚である。

広中は「民撰議院設立建白書」を政府に提出した板垣に会うことを期待して、上京したのである。戊辰戦争の時に棚倉で会っているから親しみを感じ、板垣の姿を見ると、壇上に上がって話しかけたい気持ちになった。だが、地方の小役人で傍聴者の身では、参議の板垣に会えるわけがない。しかし、どうしても会って話をしてみたいと思った。

どうすれば会えるか。広中はその機会を窺って、会場内をうろつき歩いた。そして会議の四日目の午前中、休憩時間に廊下で板垣の姿を見つけた広中は「しめた」と思い、度胸を決めると走り寄って言葉をかけた。

「板垣閣下。奥州三春の河野広中です」

板垣は咄嗟に思い出せないようだった。

「戊辰戦争の時、棚倉陣地に出向いて、官軍を三春の城下に案内した者です」

「――――？」

「棚倉の陣中で、板垣閣下が参謀として陣営内を巡視していた時、三春から来た男が三春城下の地図作成の手伝いをしていたと思います。その男が私です」

広中は戊辰戦争時のことを必死に説明した。

「ああ、あの時の若者か――――」

板垣はやっと思い出したようだった。あれから八年が経過し、世の中もすっかり変わっている。

「私は閣下が『愛国公党』を創立し、さらには『民撰議院設立建白書』を政府に提出したことは、素晴らしいことだと思います。私も磐前県の常葉と石川で民会を開催しておりまます。これからの日本は憲法を制定し、国会を開設しなければなりません。地方でも議会を開く必要があります」

広中は早口に自分の考えを述べた。

「そうだね。君のことは噂に聞いているよ。頑張ってくれたまえ」

話はそれだけだった。広中はまだまだ訊ねたいことや話したいこともあったが、相手は日本を代表する大物政治家だ。要人警護の巡査が近づいてきた。廊下での立ち話は、それ以上できなかった。


地方官会議の議題は「道路、堤防、橋梁と民費の事」「地方警察の事」「地方民会の事」「貧民救助方法の事」「小学校設立及び保護法の事」の五件であった。どの議題も重要なもので、今までは政府が勝手に決めていたものを、とにかくこうした形で地方高官の意見を聞くだけでも大変な進展であった。

この中で広中が特に関心を示していたのが「地方民会の事」である。だが議事は広中が期待して眺めるほど順調には進まなかった。道路堤防や警察のことでいつまでも議論を交わして、むなしく日時が過ぎ去った。

「どうしたのだ。毎日同じことばかり論じて、さっぱり進まないじゃないか」

「本当だ。このままじゃ地方民会のことなど、議題に上がらず会議は終わりだべ」

広中と正博は宿に下がると、口を尖らして不平を並べた。会議の予定は二十日間である。

七月に入り、残り日数はわずかとなっていた。

「どうだい。よそから来ている傍聴人たちと、何かよい案がないか話し合ってみるのは」

「それもいい方法だな」

広中たちはさっそく知り合いとなった傍聴人に自分たちの考えを述べて、賛同者に自分の部屋へ来てもらった。すると六人の仲間が集まった。

「我々が見るところ、地方官会議は道路の話も警察の話も、だいぶ議論したように見えますので、この辺で地方民会の件を議題としてもらいたいと思いますが、皆さんどうですか？」

広中は集まった者たちに話しかけた。

「そうだ、このままでは何時までたっても議論が進まず、地方民会の話はいつ始めるのか分からない。なにかよい方法はないかな」

さっそく高知の西山志澄が同調してくれた。

「我々傍聴人には発言権がないものだから、困ったものですな」

横浜から来た高島嘉衛門がおだやかに言った。

「――――」

しばらく沈黙が続いた。広中は思い切って、自分の考えを提案した。

「我々には会議での発言権はありませんが、我々傍聴人から『地方民会の事』を早急に討議するように、議長へお願いしてみては如何でしょうか」

「お願いはよいが、我々一部の者だけの意見では取り上げまいぞ」

東京の夏は蒸し暑い。酒田から来た森藤右衛門は裸になっていた。

「そんなら全国から集まった傍聴人の仲間に呼びかけて『傍聴人会』でも結成し、正式に『建言書』でも書いて議長に提出しますか」

広中がまた提案した。

「それはよい考えだ」

高島や森が即座に賛成した。

広中たちは手分けをすると、各府県から集まった傍聴人に呼びかけ、七月六日に銀座で「傍聴人合同会議」を結成した。

「よし、地方民会のことを直ちに審議するように『建言書』を書いて、議場に提出しよう」

「建言書」は高知の西山が書いた。内容は、この会議で一番重要な「地方民会の事」を後回しにするのではなく、早急に審議していただきたいというものであった。

だがこの「建言書」は、議場から簡単に退けられてしまった。つまりこの会議に出席している議員は、大部分が各県の県令である。地方政治の実務者だったから地方での民会などよりも、道路問題や地方警察、貧民救助、学校建設の方が重要だったのだ。

「我々をバカにするな！」

「そうだ。傍聴人も地方の代表だぞ！」

広中らは拳を振り上げて叫び、傍聴人席は一時騒然となった。

「よし、この『建言書』を『建白書』として元老院に提出しよう。おれは元老院副議長の後藤象二郎さんとは同郷だからな」

宿舎に帰ると西山が発言した。元老院は大久保たち政府首脳が、反政府勢力の結束を恐れて、新たに発足させたものである。この時、元老院議長は不在で、実質的に副議長の後藤が首領だった。後藤は旧土佐藩の家老で、征韓論で敗れて下野していたものを、政府側に採用された。

「おお！　そうだ。元老院から督促してもらおう」

話は決まった。西山は早速「建白書」を準備すると、元老院に提出した。だが、よく考えてみると地方高官でもないただの傍聴人の分際で、「元老院」に「建白書」を提出するなど、広中らの行動は、まさに大それた行為だった。

ところが、この行為に驚いた政府当局は、地方官会議を三日間延長して、「地方民会の事」を最優先的に討議することにした。この時点では傍聴人らの勝利であった。

「政府など少し強く出れば要求を受け入れるものだな。『案ずるより産むが易し』だ。何ごとも、まず行動することだ」

広中たちは自信を持った。だが会議の成り行きはそんな甘いものではなかった。

地方民会の議事が進行し、議員の中からは「民会とは何ぞや」といったような幼稚な意見から、神奈川県令の中島信行のように民会をよく理解しての発言もあった。

「立憲政体の国家建設を実現させる第一歩として、公選による地方民会を各県から町村に興し、民意を汲んだ政治を行うべきである」

中島の発言に、広中らは立ち上がり盛大な拍手を送った。だが、民会などまだ時期尚早と発言する者も多かった。

「公選の地方民会などと言っても、無学な百姓、町人に政治が分かるわけはなく、彼らの意見など聞いても政治は行われない。西欧のように国民すべてが知識を持ってから議会を開き、民の声を聞いて政治をやるべきで、わが国ではまだまだ民会は時期尚早だ」

髭を伸ばした県令の発言だった。大きな拍手があった。さらに鹿児島県令の大山綱良のごとく、議会政治そのものを否定する意見もあった。

「政治とは人民統治の内政から、外国との貿易や領有権の交渉、さらには国防まで国家人民存亡に関わる重要問題が沢山ある。その問題を解決するには、知識のある賢者が大所高所からよく考えてやるもので、愚かな民衆の意見などを聞いてやれるものではない。公選による民会など開いたら、地方はただ混乱するだけで崩壊してしまう。政府は西欧のまねばかりしているが、わしは民会など断固反対だ」

これは大山だけの考えではない。旧薩摩藩主の父親である島津久光や、大山の親分である西郷隆盛などの考えであった。彼らは不平士族を集めて、明治維新以前の「武士を中心とした社会」を目指していると言われていた。

地方官たちの意見は幾つにも分かれ、議論百出し容易に決まらない。わが磐前県令はどうしたものか見ていると、村上光雄は広中や正博の行動を考慮したのか、地方民会の開催に賛成する演説に拍手をしていた。

だが、大部分の者は代議制政治なるものに否定的で、「時期尚早」とか「反対」などと叫ぶ者が多く、この件は広中らの期待に反して否決されてしまった。

「区や町村においてわざわざ民会を開かなくとも、区長会や戸長会をやればそれでよい」

地方民会についての結論はそんなものだった。だが区長会や戸長会は上から行政事務を指示命令する上意下達の伝達機関で、意見を聞く会議とは異なっていた。会議に集まった地方官は行政の執行者である。彼らは民意など聞かず、独断で地方行政を執行したかったのかもしれない。

　広中らは歯ぎしりして悔しがったが、どうしようもない。それでも広中は、この会議に傍聴人として参加し、酒田の森藤右衛門や高知の西山志澄、横浜の高島嘉衛門、長野の窪田九郎、岐阜の武井淡如など、全国の多くの同志と交流し有意義であった。特に森や西山とは親交を深め、お互いの宿に行き来し酒を呑み交わした。

　森は地元で「今佐倉惣五郎」と言われていた。それは県の重税などに苦しむ百姓などを救うために、酒田県に過納租税の返還を要求して闘ったが認められず、県の暴政を東京の元老院に直接訴えるなどしたからである。

　また、西山からは高知の政治結社である「立志社」や、全国的な組織の政治結社である「愛国社」について話があり、広中と正博は興味をもった。

「その『立志社』や『愛国社』について詳しく教えてくれませんか」

　広中と正博は西山の宿を訪ねて行った。

「徳川幕府が倒れて早くも八年目です。これからの日本国がどうあるべきか。政府は文明開化とか、ご一新などと囃し立てていますが、政治は薩摩と長州の専制政治で、人民を上から押さえつけるやり方は、徳川幕府と変わっていません。日本国が西欧のような近代国家に生まれ変わるのにはどうあるべきか、仲間が集まって討議し学習するのが結社です」

「なるほど。塾とはまた別なのですね」

広中は西山の話に興味を強くもった。

「塾は、先生の教えを子弟が学び勉強するものです。政治結社は同志が集まって政治を議論し、お互い仲間同士で学習するのです」

「政治を議論し学習するのですか」

「我々は、板垣先生たちが『民撰議院設立建白書』を政府に提出したので、その『民撰議院』を研究するため、明治七年に『立志社』を設立したのです。すると、この高知ばかりではなく、大阪や九州の方にまで政治結社が沢山設立されました」

「そんなに沢山の政治結社があるのですか」

「あります。そこで今年の二月には、政治の研究活動を全国的なものにするために、各地方の政治結社の仲間を結集して、全国版の政治結社である『愛国社』を結成しました」

「全国版の政治結社ですか」

「そうです。これからは我々が政治活動を盛り上げていくのです。そのためには志を同じくする者が結束して、政治政党も組織して運動をしなければなりません。政治結社はその学習社です」

「志を同じくする者が集まり、政党を組織して行動するのですか」

「はい。西欧では国会を開設し、国会で政治目標すなわち政策を同じくする者が集まって政党を組織し、政策論争をするのです。わが国も将来国会が開設されれば、政党と政党が政策をめぐり、議論をするようになるのです」

「そうですか。今日は大変勉強になりました」

広中たちは西山の話す「政治結社」とか「政党」に深い感銘を受けたのだった。

「私たちも田舎に帰ったら政治結社を設立し、活動したいと思います」

広中と正博は政治結社や政党について、設立から社則や運営方法などいろいろ質問した。

西山は親切に教えてくれた。

「政治結社を設立した時は『愛国社』に加盟して下さい」

「その時は加盟させていただきます」

広中たちは「愛国社」に加盟することを約束し、西山の宿を出た。

「今度の会議は正博さんに教えてもらって知り、参加して大変に有意義だった」

「いや、おれも広中さんと一緒に来て勉強になった」

「板垣先生ともお話ができたし、西山さんはじめ沢山の同志の方々と親しく話をして、新しい政治について勉強になった。特に政治結社や政党について知ったのは、大変な収穫だった。正博さん、お互いに勤務地は離れていますが、共に頑張りましょう」

広中たちは、今回の上京で多くの収穫を得て、将来の活動に希望を持ち帰郷した。

広中は石川に帰ると、早速仲間を集めて「地方官会議」の報告会を行った。そして高知の「立志社」や全国組織の「愛国社」などを説明し、政治結社の結成を呼びかけると、吉田光一や鈴木荘右衛門は勿論、地域を代表する豪農の須藤喜左衛門、鈴木嘉平、大越藤蔵、吉田正雄、松浦勇弥、矢吹孫三郎、さらに医師の伊藤長安、酒井誠師、そして神官の岩谷巌、士族の笹原忠節など大勢の同志が集まった。そしてその年の八月に鈴木荘右衛門宅の離れで、東日本では初めての政治結社を立ち上げた。

社名はいろいろ検討したが、さし当たって「有志会」と称し、後日「石陽社」として「会議憲法」を定め、議長には広中が推された。そして、憲法制定や国会開設など日本国の政治について議論を交わした。さらに、板垣退助の指導する「愛国社」にも加盟し、いよいよ自由民権運動の政治活動を、本格的に始めたのである。

第五章　板垣退助を訪ねる

明治十年（一八七七）二月、西郷隆盛がついに挙兵し、西南戦争が勃発した。東北からは遙かに遠い、九州の南端の出来事ではあったが、広中の驚きはただならぬものがあった。

「おれは土佐の高知に行ってくる」

妻のタミは少々のことでは驚かなくなっていたが、夫のこの突然の話には驚いた。

「高知って、東京よりもまだまだ遠い所なんでしょ」

二年前には「地方官会議」の傍聴者として東京に行ってきたが、高知は海を越えた西南の四国地方ではないのか。タミには、どのぐらい遠いのか見当もつかない。

「東京の四倍ぐらい遠くだ」

「ぜんぶ徒歩で行くの？」

「いや横浜からは船に乗るかと思う」

とにかく出歩いてばかりいる夫だ。たまの休暇でも家にじっとしていたことがない。まだ石川の区長であったが、どれが公務でどれが私用なのか分からなかった。

広中は地方官会議で会った高知の西山志澄や酒田の森藤右衛門など、国家を憂える多くの者たちと書簡の交信を重ねるうちに、国内の政治情勢が気になってならなかった。そうした中で、西郷が反乱を起こした。

「どうしてそんな遠くまで行かなければならないの？」

タミは数えで三歳になった娘のタカの髪を梳かしながら言った。

「鹿児島の西郷さんが政府軍と戦争を始めたのだ」

「それとあんたと、どう関係があるの？」

「日本中を巻き込む大戦争になったら困るからだ」

「嫌だ、また戦争になるの？」

タミは会津での戊辰戦争を思い出したのかもしれない。

「だから戦争が日本中へ拡大しないようにな」

母親に髪を結い上げてもらったタカは、広中の傍へ走り寄ると、父親の背中へ登ろうとした。女の子だが広中に似たのか腕白だった。広中は娘を抱き寄せた。

「高知まで行って何をするの？」

「今おまえに説明しても分からんと思うが、鹿児島の西郷軍に高知の板垣さんが加担しないように、話をしに行くのだ」

「なんで西郷さんは戦争なんて始めたの？」

「政府に反対する不平士族が西郷さんを担いだのだ」

戊辰戦争へ出陣し、命を懸けて戦った西国雄藩の兵士は、その後新政府の役人となり東京や全国の府県で活躍している者もいたが、それはほんの一部の者で、多くの兵士は故郷の藩に帰って藩主に仕えていた。最初のうちは、戊辰戦争に勝利した藩の藩士として英雄視されていたが、その後の「廃藩置県」で藩が消滅して職を失い、「秩禄処分」で禄を失い、また「廃刀令」で武士の魂と誇りにしてきた刀まで取り上げられた。新しい国家をつくるための大改革であったが、身分も職も失った士族の不満は募った。

政府は士族の救済と称して、東北地方や北海道の開拓を計画し、士族の入植を奨励した。だが、戊辰戦争に負けた奥州列藩の侍ならまだしも、戦争に勝利した西国雄藩の侍たちにとって、武士の誇りを捨てて百姓になれとは、あまりにも酷な話であった。それでも生きるために南国から北国の原野へ入植した士族もいたが、寒冷地での過酷な開拓の農作業に対応できず、土地を捨て逃げ出す者も多かった。また政府は殖産業を発展させるために、工業や商業への転職も奨励したが、武士の商法と揶揄され、成功した者は少なかった。

「天朝さまの兵士として戦った、我々武士を見捨てるとは何ごとだ」

「われら侍に、東北や北海道に移住して原野を開墾し、百姓になれとはあまりにも侮辱した話ではないか」

「百姓、町人に頭を下げ、揉み手をして物を売るなど、われら武士にできるものではない」

官軍として戦った士族は勿論、全国の職を失った士族の不満は年々高まっていた。明治七年の「佐賀の乱」から始まり、「熊本神風連の乱」「福岡秋月の乱」「山口萩の乱」と士族の反乱が続いた。

さらに不平士族とは別に「地租改正」や「徴兵令」に反対する農民の一揆が各地で起こり、全国的に不穏な空気に覆われてきた。全国の農民にとって、それまでの米など物納の年貢から、現金で納める税金納に替わったことは、物を現金に換えなければならず大変だった。また、徴兵制度で若者に兵役を義務づけられたことにも不満は募った。

そうした不平士族を救済するために、西郷が政府に反旗を翻した。西郷軍が鹿児島を発った時は一万五千の兵士が、熊本鎮台を包囲した時は三万の大軍となっていた。九州ばかりではなく、西国各地の不平士族が馳せ参じたのである。この上に高知の板垣退助が挙兵したなら、関西以西の、いや日本全国の不平士族が蜂起し、それに農民一揆が続発すれば、国内は戊辰戦争の時以上の内乱に発展するかもしれなかった。

「西郷軍と政府との全面戦争になるかならないかは、板垣さんの行動にかかっているのだ。西郷さんは、自分たちだけで政府軍に勝つとは思っていない。板垣さんの挙兵を期待している。だから、板垣さんが挙兵せず全国の不平士族を説得すれば、西郷軍は新規に組織した政府軍に敗れ、戦争は終わる」

「しかし、あなたは今の政府はダメだ、大久保利通内務卿の独裁政府は打倒しなければならない、と言っていたじゃないの」

タミは解せぬ顔で夫を眺めた。

「今の藩閥専制政府は確かにダメだ。しかし戦争は避けるべきだ。これからは政府に対抗するのには武力ではなく、言論で抗議し闘うべきなのだ」

「でも高知まで行ったら何ヶ月もかかるでしょ。その旅費や宿泊費はどうするの？」

「それはなんとかなる――――」

広中は言葉を濁した。お金の当てなど何もないのだ。

「あなたは家族の生活費も満足に出してないのよ」

広中は有志会を組織し愛国社に加盟してから、政治活動で行動することが多くなった。三春や福島ばかりではなく、会津や磐城の方まで出かけた。その旅費や宿泊費だけでも大変である。区長の手当てなどは、妻に渡す前に消え去っていた。

「家族の生活費はあたしが内職の針仕事をしたり、大家さんの畑仕事を手伝っていただいたお金なのよ」

大家さんとは、区会所の建物を借りている、地主の鈴木荘右衛門であった。

「あなたの給金は仲間との政治活動でいつも使い果たし、その上で大家さんや吉田さんにだって借りているじゃないの」

タミは眉間に皺を寄せていた。

「大丈夫だ。県の方でなんとかしてくれる」

広中は言い逃れをしたが、まだ県には何も話していない。彼のいつもの悪い癖で、金など心配する前に、思い立ったことを行動に移そうとしているのだった。

「あなたという人は、一つのことを思い込むと、家族のことや周囲のことは目に入らず、何も考えないのだから」

「――――」

「この前の『地方官会議』とか言って何日も東京に行った時だって、あたしはタカを産んだお産上がりで、身体の調子が悪かったのよ。あなたの帰りを待ちわびていたのに、東京から帰ってくるなり、政治結社だなんて飛び回って『有志会』に夢中だったのよ」

広中はタミの愚痴を聞きながらも、高知行きは諦めなかった。だが高知行きとなれば、長期の休暇が必要だ。石川の区長として、県の許可を受けなければならない。

昨年、磐前県は会津県と共に福島県に合併した。広中はそのまま石川区長の職にあったから、今度は福島県の許可が必要だった。彼は県庁のある福島町に出かけて行った。

「しばらく休暇を取りたいのですが、お願いします」

「しばらくの休暇願いとは何ごとですか？」

対応に出た係官の増子一等属は、当然の質問をした。

「すこし休養をしたくなったので――」

広中は言葉を濁した。

「正当な理由がなければ許可は出ません」

広中は本当のことを言いたくなかった。だが二、三日の休暇なら何とでも言えたが、高知まで行ってくるとなれば、少なくとも一ヶ月以上の日数を要する。

「実は西郷軍の挙兵に、板垣さんが同調して挙兵しないように説得に行くのです」

「板垣さんを説得？」

増子官吏は理解できず、怪訝な顔をした。

「そうです」

広中は仕方なく、高知行きのことを具体的に説明した。

「四国の高知まで行って、あの前参議だった板垣退助閣下を説得するのですか？」

「そうです。四国の高知です」

増子は旧米沢藩士で県の幹部吏員である。幕末から明治維新、そして西郷軍の挙兵まで社会の流れはすべて承知している男だ。広中はそんな増子なら話が分かると思ったので、妻に話した時と同じく、天下の情勢と自分の行動目的を雄弁に話した。増子は広中の話に驚きながらも半信半疑だった。そこで広中は、妻に話したことと同じでは納得しないと考え、一歩踏み込んで話をした。

「増子さんも知っての通り、西郷軍は不平士族の暴発です。士族の不平を利用して政府を倒し、天下を掌握して武家中心の国家を打ち立てる積りです」

「確かに西郷軍は不平士族の反乱ですね」

増子は広中の話に乗ってきた。

「西郷軍が東京まで攻め込んできて政府を倒したら、『建武の中興』を倒した足利尊氏と同じく、西郷陸軍大将は幕府を開き、武家政権の再興を謀ります」

「なるほど、情勢はまったく建武の時代と同じですね。あの時も鎌倉幕府に代わった後醍醐親政に武士の不満が募り、その不平武士を統率して足利尊氏は幕府を開いた」

「そうです。それと同じことが起こります」

「それで我々はどうなるのでしょうか？」

「政府の組織は崩壊し、地方の行政機関も廃止され、県庁もあなた方県の役人も追放されて、身分の保証はありませんよ」

広中の話に増子の顔は蒼白になった。

「分かりました。とにかく私だけの判断では許可できないので、上司に窺って返事をします。だが、河野さんの情勢判断は素晴らしい。しかもすぐ行動に移したいとは驚きだ。県令にも報告して、あなたの行動が成功するように努力してみます」

増子は好意的に言ってくれた。

数日して、県庁の増子より手紙がきた。

「上司の中条政恒大書記官や山吉盛典県令に話したところ、時局を判断するあなたの才覚には誰もが感心しました。そこで県の方より警視庁に用事があるので『河野広中に東京出張を命ずる』として、そのついでに病気治療のため、河野さんの先祖の地である伊予の道後温泉で休養するとしてはどうですか」

というものだった。

山吉県令や中条大書記官も西郷軍の反乱は心配していたのだろう。この時期に広中の人物をそれほど評価していたわけではないが、面白い男と思ったのかもしれない。

広中は飛び上がって喜んだ。許可が下りたことばかりではなく、広中の先祖のことまで考えてくれたことに感激した。これで東京までの旅費や宿泊費の心配もなくなったのだ。

広中は心を込め、礼状を増子に送った。

やがて県庁より、広中に「東京出張命令」と四国の道後温泉休養のため、往復日数を入れた長期の休暇が許可された。

広中は早速、三春や石川の仲間にこのことを報告したので、三春でも石川でも盛大に壮行会を開催し、その上に餞別として旅費や宿泊費を工面してくれた。また三春の野口勝一などは、広中の行動の成功を祈って「励ましの漢詩」を贈ったのだった。


いよいよ準備を整えて広中が石川を発ったのは七月下旬で、東京に宿を見つけて警視庁を訪ねたのは、真夏の太陽が照りつける時期となってしまった。用件は福島県六郡七区の金円貸借問題の処理で、なかなか煩雑な事務で何度か福島県庁と連絡を取り、思いの外に日時を要した。広中には専門外の仕事だった。

それでもなんとか処理して公務を果たし、東京から横浜へ出て船に乗ろうとした。暑い時期に東海道を歩くのは大変だと思ったからである。だが、大型気船は軍に徴用され、乗るのにこれまた日時を要し苦労した。西郷軍の反乱で政府は関東や東北から徴用した兵士と、軍事物資を九州へ送るために、あらゆる船を集め総動員していたのである。また政府は徴兵令で集めた兵士をすべて九州に送った他に、東北や関東の職のない士族を臨時の巡査として募集し、これらを兵員として西郷軍討伐に当たらせているとのことだった。会津や仙台の士族は、戊辰戦争の仇を討つのはこの時とばかりに応募しているという。

やっと船を見つけて乗船し、神戸に上陸した広中は、関西に来たのは初めてである。東京に次ぐ日本の大都市である大阪や京都をどうしても訪ねてみたくなった。大阪を通り、京都の街中を歩いていると、警察に拘束されるという災難にあった。西郷軍の反乱で取り締まりが厳しかったのかもしれない。ほんの一寸の見物の積りだったのに二日も取り調べられ、京都見物は満足にできなかった。それでも広中は警察の方々から西南戦争の状況や、東京の政治の動きなどを聞き出し参考になった。

広中は寄り道で日時を遅らせたので急いで神戸へ出て船に乗り、小豆島を経て香川県の多度津に上陸した。それから金刀比羅宮を参拝し、板垣との会談の成功を祈願した。さらに川之江に出てから、四国山脈を越えて高知に到着したのは九月に入ってからであった。石川を出てから一ヶ月以上の旅である。

高知の町を一望に見渡せる高台にたどり着いた時、広中は高知の町と広大な太平洋を眺め、思わず両手を広げバンザイをした。幕末には坂本竜馬や山内容堂が活躍し、現在は自由民権運動の先進地で、板垣退助や後藤象二郎、片岡健吉、西山志澄たちのいる高知にやっとたどり着いたのだ。浜辺に来ると南国土佐は海風が福島とは異なっていた。

海岸近くに米屋という適当な旅館があったので、そこに逗留することにした。その夜はゆっくり休み、次の日、西山志澄の手紙に同封されていた地図を宿の者に見せると、西山の自宅がある町がすぐ分かった。そこで広中は宿の者から道順を詳しく教えてもらい、昼前に西山の自宅を訪ねた。


「やぁ、どうもご苦労さまでした」

東京で会って面識のある西山と、彼の同志の弘瀬新一が広中を出迎えてくれた。

「高知は南国だから暑いかと思いましたが、その割りではありませんね」

「夏は高知も福島も同じでしょう。冬は暖かいですよ、雪は降りませんからね」

「福島の冬は寒いです。奥州ですからね」

「遠路はるばる大変でした。道中いろいろあったでしょう」

「福島を発ったのは七月ですからね」

広中は道中でのことを話してから訊ねた。

「ところでどうですか。当地の状況は？」

広中は旅の道中も西南の動向には目を離さなかった。町中では新聞を見つけては買い求め、宿場では旅人の話に耳を傾けた。そうした情報によると、二月に挙兵した西郷軍は、まず熊本鎮台を取り囲み攻撃したが、熊本鎮台を守備する、谷干城司令長官の政府軍は意外と強かった。

　四月になっても熊本鎮台は落城せず、戦禍は熊本県、鹿児島県、大分県と拡大した。その間に政府は有栖川宮を征討総督として、陸軍中将山県有朋、海軍中将川村純義を征討参軍に任じ、ぞくぞくと新手の兵士を送り込んだ。西郷軍は戊辰戦争を体験した武士集団である。政府が徴兵令で集めた兵士を、士百姓と最初は甘く見ていた。だが西欧式に訓練された政府の軍隊は強かった。西郷軍は窮地に追い込まれていった。

「板垣先生は行動を慎重にしているのですが、旧土佐藩をはじめ近隣の士族たちは、板垣先生も挙兵し西郷軍を救援すべきだと、血気盛んで困っているのです」

「やはりそうでしたか。私もそのことを心配していたのです」

　なんと言っても板垣退助は、土佐をはじめ四国地方を代表する人物である。彼を統領と仰ぐ者たちは幕末から多かった。戊辰戦争でも四国地方の士族は板垣に従って戦ったのだ。その彼らも全国の不平士族と同じく、明治政府から冷遇されていた。板垣が政府内にいるうちはまだしも、下野し土佐に帰ってくると彼らは板垣の周りに集まった。

「西山さん、私は板垣先生が西郷軍に加担して決起しないように、お願いに来たのです。

なぜなら西郷軍が勝利すれば、旧来の武家政治の社会に戻るからです」

広中は自説を述べた。

「確かに西郷さんが指導している現在の鹿児島は、薩摩藩当時のままの武家中心の社会です。西郷さんは不平士族の救済だけを考えているからです。しかし板垣先生は不平士族の不満のはけ口を、憲法制定や国会開設など、日本の近代化の運動へと導いてきたのです。そのことが『立志社』や『愛国社』の創立となったのです」

西山は土佐の状況を説明した。

「それを聞いて安心しました」

「しかし、土佐にも不平士族は沢山おり、まだまだ心配です」

「政府の士族に対する待遇はあまりにも冷淡ですからね」

広中は、西山たち士族の立場にも理解を示して言った。士族の中心にいる板垣や西山たちと、士族でない広中では立場が異なっていたからだ。広中は農民や商人の代表を集めて政治結社を設立したが、板垣の政治結社は士族が中心だった。

「実は林有造さんなどは秘かに武器や兵士を集め、板垣先生の決起を本気で迫っております。そんなことで同志の片岡健吉さんと大江卓さんが、林有造さんを説得に行ったのですが、逆に説得されているのです」

土佐の状況はやはり険悪であった。「西郷軍を救援すべし」と板垣の決起を強く迫り、秘かに武器購入に走っている者たちはその他にも沢山いた。

これではいけない。広中は思い切ったことを話した。

「実を申しますと、私ははるばる福島から高知まで出てくるに当たって、ある重大な三つのことを決心してきたのです」

広中の真剣な表情に西山と同席していた弘瀬は、顔を見合わせた。

「これは板垣先生に直接会って話します」

広中は、この段になって話すべきかどうか迷った。

「板垣先生と私どもは一心同体です。ここにいる弘瀬君も仲間です。もしお聞かせできますなら他言はいたしません。話してくれませんか」

二人は膝を乗り出した。

「それではお話します。まず第一は前にも話したように、板垣先生が西郷軍に同調して決起しないようにお願いすること。第二は板垣先生が私の忠告を聞き入れずどうしても決起する時は、私も決起します」

「―――?」

「現在、政府は兵士も物資も軍事力のすべてを九州へ派遣しております。東京は兵士も物資もなく、軍事力が留守になっております。勿論大阪、京都も軍事力は手薄です」

広中は高知に来る途中で東京、大阪、京都を見てきたので、その状況も話した。

「そこで、板垣先生がどうしても挙兵する時は大阪、京都へ攻め込んでいただき、私は東北、関東の兵力を集めて、軍事力の手薄な東京を攻撃し、政府を降伏させます。その後は武断政治の西郷軍を阻止し、板垣先生と私が政府の主導権を握り、西欧型の憲法を公布し国会を開設して、新しい日本国をつくることも考えていたのです」

広中の話に、西山と弘瀬は驚きで言葉もなかった。奥州の山の中から出てきた男が、これほどの広言を吐くとは予想だにできなかったからだ。

板垣は幕末から土佐藩を代表する人物で、戊辰戦争では奥州討伐の政府軍参謀として、奥州を平定した実績を持つ軍人である。明治になっては新政府の閣僚である参議を務め、現在は下野しているといっても国内屈指の大政治家であった。現在四十歳の男盛りである。

一方、この河野広中という男は武士でもなければ商家の倅で、地方県の下級官吏ではないか。歳もまだ二十代である。天下の板垣に「忠告」に来ただけでも驚きなのに、板垣と一緒に天下を掌握するというこの大言に、西山と弘瀬は驚きを通り越し、呆れ果ててしまった。

「第三は、もし板垣先生が今回決起しない場合です。西郷軍は政府軍に敗れますが、その後です。政府は反乱軍に勝利した勢いでますます反政府運動を弾圧し、専制政治を強化すると思われます。その時、私は政府の弾圧に屈することなく、先生と一緒に憲法制定や国会開設を政府に迫る運動を続けることを、板垣先生にお話しようと思ったのです」

広中の話は、どこまでも西山たちを驚かせるものだった。

「それでは明日にでも板垣先生を訪ねてみましょう」

次の日、広中は西山の案内で、潮江新田にある板垣の別邸を訪ねた。だが板垣は不在だった。

「すみません。先生は現在片岡さんたちのことで出かけておりますので、申し訳ありませんが明日にでも来て下さい」

書生が応対に出て説明した。

「じゃ、仕方がないな。それでは明日来ますから宜しくお願いします」

玄関を出ると広中は立ち止まって、大きな池や立派な築山などがある屋敷内を見回した。

「こりゃすばらしい庭ですね」

広中は、板垣がこれほど立派な豪邸に住んでいることに驚いた。三春や石川では見られない豪華な建物と日本庭園である。

「板垣先生の本宅は中島通りなのですが、この屋敷は元土佐藩主、山内容堂公の釣り御殿であったものを、戊辰戦争の功績によって、板垣先生が賜り別荘としたものです」

「土佐藩二十四万石の殿さまの御殿では立派なはずだ」

「あれが有名な新田堤です。こちらは高知城で浦戸湾はあちらです」

「眺めがよくて場所も最高ですね」

借家住まいの広中とは雲泥の差である。さらに板垣家には女中や下男もいた。広中の家では女中を雇うどころではない。広中の妻は、広中が給金を政治活動に使ってしまうので、針仕事などの内職をやりながら子供を育て、借金によって細々と暮らしていた。

次の日、広中が板垣邸を訪ねると板垣は玄関まで出迎え、奥の間に案内してくれた。

「やぁ、よく来てくれたね」

「どうもすみません。お邪魔をします」

「きのうは急用があってね。すまなかった」

広中は過去に二回ほど板垣に会っているが、個人的に相対して話をするのは初めてだった。戊辰戦争の時の板垣は、威風堂々とした官軍参謀だった。戦場だから眼光するどく怖い感じがした。二度目は東京での地方官会議の時だ。政府の閣僚である参議であった。洋服で政治家の貫禄があり、偉い方だと思った。今自宅での和服姿は商家の旦那のようであった。広中は兄の広胖に接しているような親しみを感じた。

「戊辰戦争の時は世話になったね」

礼を言ったのは板垣の方が先であった。

「いや、あの時は先生のご英断で、三春の町は戦禍から救われました。ありがとうございます」

広中は畳に両手をついて頭を下げた。

「あの時は君らが来たから三春城を攻撃しなかったが、まごまごしていれば白河や棚倉と同じく攻撃されて、三春城下は火の海だったのだよ。あの時期、奥州討伐は冬を待たずと官軍は焦っていた。会津、米沢、庄内、仙台と長期戦になり、冬を迎えれば南国の兵は戦えないからね。三春は一日で片づけ、通過する予定だったのだよ」

板垣は簡単に言ったが、官軍の方から見れば五万石の小藩三春など、そんなものだったのかもしれない。実に二本松藩は十万石だが、一日で落城した。

「それにしても、あの奥州の三春から、この高知までよく来たね」

「国家危急の時ですから、何をおいても駆けつけました。先生、西郷軍の挙兵をどう考えますか？」

広中は単刀直入に質問した。

「どう考えるかということは?」

「西郷軍の挙兵以来、板垣先生の一挙一動は、天下万民の注目するところであります。もし先生が西郷軍に同調して決起するようなことがあれば、これは国家にとって一大事です」

「――――」

「なぜなら、西郷軍の挙兵には民撰議院設立などのような進歩的な大義名分がありません。ただ不平士族の救済だけで、以前のごとく武士の特権を復活させようとしているだけです」

広中は思うところを一気に話した。板垣は腕を組み、じっと広中の話を聞いていたが、ゆっくりと話し出した。

「西郷さんの挙兵以来、いやそれ以前の江藤新平君が佐賀で決起した時から、私に決起して下さい、兵をまとめ、挙兵して下さいという者は沢山いた。いや現在も連日、そのような者が押しかけてくる。だが、決起を自重せよと言ってきた者は君が初めてだ」

「そうですか、それでは国家のために自重をお願いいたします。確かに西郷先生個人は立派なお方です。だが西郷先生を取り巻く桐野や篠原など私学校の者は、明治以後の改革をすべて否定して、武家社会の再興を果たそうとする者たちです。現に薩摩藩では太陽暦も採用せず、士族は相変わらず刀を差して威張り、民衆は藩政時代のまま差別され虐げられているとの話です。民衆の自由も平等も権利もありません」

「ところで君は幾つだっけ？」

自分の熱弁に酔っていた広中は、突然の問いに狼狽した。板垣先生が百も承知のことをベラベラ喋り、目上の方に説得調だったので叱られるのかと思った。

「はい、二十七歳です」

「二十代か。西欧のルソーは『若者が国事に無関心であることは、国家滅亡の前兆である』と言っているが、君のような若者が国事を真剣に考え行動するとは、素晴らしいことだ。いや、君の熱意には感心した。はるばる奥州の地からやって来たことといい、今の話といい、若さだな。立派なものだ。私もまったく君と同じ考えだよ」

広中は、その言葉に涙が出るほど感激した。一ヶ月以上の日数をかけ仲間から旅費を借りて、はるばる福島からやって来た甲斐があったと思った。

「ありがとうございます。安心しました」

「私は若い時から武力闘争を幾つも体験してきた。幕末には攘夷だとか佐幕だとか言って斬り合い殺し合いをしてきた。江戸や京ばかりではない、この土佐でもやった。藩内で意見が異なる者を斬り殺した。私もやったし私も襲われた。戊辰戦争では、官軍参謀として多くの兵士や農民も殺してきた。君も知っての通り、奥州では容赦はせず女子、老人、子供と言えども敵対するものは殺戮した。それが戦争だよ」

尊王攘夷派と佐幕派の戦いは、全国の諸藩で大なり小なりあった。また会津城での女子や子供まで参戦した籠城戦の悲劇は広中も知っていた。

「――――」

「賊軍と言いながらも、同じ日本人であり人間だ。もう戦争は沢山だ。武力で政府権力に対抗したり、異なる思想集団と対抗すれば、相手も武力で応じてきて内乱はいつまでも続くからね。もう私は戦争はやらないつもりだ」

「そうですか」

広中は板垣の話に感動した。

「これからは言論で堂々と政府権力に対抗し、政治や社会を改革すべきだと私は考えている。自分の考えと異なる者たちにも、もう相手を斬り殺すなど、武力で対抗する時代は終わったと伝えたい。日本国内における武力での戦いは、今度の西南戦争を最後にしなければならない」

「私もそう思います」

「さらに政府は今度の西南戦争に懲りて、二度と政府に反抗するような勢力が助長しないように、反政府勢力は小さいうちに叩き潰そうと弾圧を強化するだろう。そのために悪質な取り締まり条例などを強化し、警察などは横暴になり、安政の大獄のごとく取り締まりが強化されるかもしれない。しかし我々は決して武器を持って対抗してはならない。言論で正々堂々と闘うのだ」

「いかなる弾圧に対してもですか？」

「そうだ。いかなる弾圧に対しても暴力を用いてはならない。武器を持って抵抗すれば暴動と見なされ、国家も武力で鎮圧する。そうすれば内乱となり戦争だ」

「分かりました。私もまったく同感です」

広中はきのう西山に言ったことは話すまいと思った。挙兵して東京の政府を攻めるなど幼稚な考えだったと反省した。

「また政府は、国内で政府の政策に反対する者や、不平不満を並べる者たちの意見もよく聞き、政治は公議によって行わなければならない。現在の政府は民意を聞かずに専制政治を行っているが、国民の協力がなければ政治は執行できず、国家は衰退する」

「つまり『広ク会議ヲ興シ万機公論ニ決スベシ』ですね」

「そうだよ。『五箇条之御誓文』は、幕末にわが土佐藩の坂本竜馬君や福岡孝弟君が考えていたものを、鳥羽伏見の戦いに勝利した時に、由利公正さんや木戸孝充さんが作成し、江戸城総攻撃の直前に新政府の基本方針として発布したものだ。勿論私も新政府の基本方針とする時は、薩摩の大久保利通さんたちと共に、土佐藩を代表して参加したがね」

「そうでしたか。板垣先生はじめ土佐藩の方々が関わっていたのですか」

「『五箇条之御誓文』ばかりじゃないぞ。幕末に徳川慶喜公へ『大政奉還』をさせようと考えたのは坂本竜馬君だし、それを建白し迫ったのは土佐藩家老だった後籐象二郎さんだ。そして『王政復古之大号令』を発したのだよ」

「驚きました。私は『王政復古之大号令』や『五箇条之御誓文』を見て新しい世の中がくるのを知り、人間はすべて平等であり、政治は会議を開き人々の意見を聞いて行うべきだと知って『民会』を興したのです」

「君が福島で行ったその民会を、国でも実施しなければならない。それが『民撰議院設立建白』だ。つまり憲法を制定し、国会を開設するということだ」

「先生が政府に要求し、運動してきたことですね。私も大賛成です」

「そうだ。さらに私は『愛国公党』という政治政党を創立した。これから政治活動を行うのには、同じ政治的目標を持つ者が集まり、行動しなければならないからだ。それが政党だよ。つまり『愛国公党』は、憲法制定と国会開設を政府に要求し、活動する政党だ」

「政治政党ですか？」

「そうだ、政治政党だ。政党というものは意見の異なるものが幾つあってもいい。意見の異なる政党が政策論争をして国民に訴え、選挙で国民に判断してもらうのだよ。アメリカのように、選挙で大統領を選んで国の政治を任せる共和制国家や、イギリスのように王様を元首として議会を開く、立憲君主制国家などの政党だ」

「政党がお互いに政策を述べ、選挙で国民の判断を仰ぐわけですか」

「そうだ。それが民主主義の政治だ。先ほども話したが、幕末に攘夷派の志士たちは、意見の異なる開国派の者を容赦なく斬り殺した。また佐幕派や新撰組などは、幕府に抵抗する攘夷派を見つけ次第に斬り殺した。どちらも自分の意見が正しいと信じていたからだ。だが武力で政治決着をつける時代は終わった」

「分かりました。民主主義の政治ということですね」

　板垣は、新しい政治の在り方を広中に教えてくれたのだ。

「さらに、社会秩序を維持するためには、いろいろと決まりごとが必要だ。その決まりごとが法律だ。政府も国民も法律に従い、行動しなければならない。だから、法律は国民の代表が集まった国会で決める。そして法律は憲法に従って定める。つまり憲法制定と国会開設は、近代国家にとって最も重要なのだよ」

「なるほど。貴重なお話、大変勉強になりました」

　広中は、目の前にいる板垣退助という人物の偉大な思考に、ただ頭の下がる思いであった。この板垣先生こそ、日本で一番尊敬のできる政治家であり、先輩である。広中は体中の血潮が湧き立つのを感じた。

「中央の政治の話ばかりしたが、君は地方の行政区長だそうだね。さらに重要なのは地方自治の充実だよ。いかに立派な憲法を制定し国会を開いても、地方が貧弱で、住民が恵まれず貧しければ、国家は発展しない。中央との格差をなくし、地方が豊かになるのには、地方の自治能力を高めなければならない」

「国会開設も大事ですが、地方の民会も大事なのですね」

「その通りだ。君は地方で町村の民会を実施していると聞いたが、たいしたものだ。地方の自治を充実させることが重要なのだよ」

広中は、福島に戻ったら県下の町村全部に民会を指導し、県にも県民会を実施させようと思った。さらには、地方に政治政党を立ち上げることも重要である。板垣の話はどれも耳新しく、勉強になることばかりであった。

「これはとんだ長居をして失礼いたしました。興味深い話ばかりだったものですから、つい話に夢中になりまして、申し訳ありません」

気がつくと部屋の中が薄暗くなり、女中が燭台にローソクを灯していたのである。広中はまだまだ話したいことはあったが、夕方になり板垣邸を退出した。

次の日から、広中は西山の案内で政治結社である「立志社」を訪ね、さらには若者の教育の場である「立志学舎」などを訪ねた。「立志社」での演説会や政治討論はさすが活発であった。また「立志学舎」で若者が学ぶ様子を見学した。広中は石川に「有志会」という政治結社を設立しているが、福島に帰ったら石川ばかりではなく、三春にも福島にも会津や浜通りの方にも政治結社を設立し、また政治を勉強する学舎を開校して、若者の教育をしなければならないと思った。広中は、まだまだ学びたいこと、知りたいことは沢山あったが、県に提出した休暇の日程を遙かに超過していたので、九月下旬に高知を離れた。

今回の高知への旅は、広中にとって大変に有意義なものであった。特に板垣退助と会見したことは、彼の人生を大きく変えた。その後の広中が、日本を代表する自由民権運動の活動家となり、やがては国会議員として、衆議院議長や農商務大臣にまでなったのは、この時、板垣と会見したからである。

第六章　福島県議会開設

土佐で板垣から地方自治の重要性を聞かされた広中は、常葉や石川で実施している民会を福島県にも興し、県議会を開会しなければならないと考えた。

「福島県に、県議会を開設してはどうですか」

県から中条政恒大書記官が視察のため石川区役所を訪れた時、広中は進言した。

「県議会――――?」

「そうです。県民の選挙によって選ばれた代表を議員として集め、県議会を開いて県民の声を県政に反映させるのです」

中条は広中より九歳も年長である。頭脳明晰な官吏で、県議会など代議制政治についてはすべて熟知している男だ。細かい説明は不要だった。

「そう言えば、河野区長は石川で区議会を開いているそうだね」

「はい、区民の代表を議員として区議会を開き、すべての予算や重要案件は区議会に諮りながら、区の行政を執行しております」

「それは素晴らしいことだ。よくやってるね」

中条は議会制度に興味を示した。広中は事務所の書棚から区議会関係の書類を出した。

「これらが議会関係の書類です」

広中が書類を広げて説明すると、中条は身を乗り出した。

明治七年に板垣らが「民撰議院設立建白書」を政府に提出し、国や県も町村会や県会などの必要性は痛感していた。だが国内ではまだ時期尚早との考えが強かった。そんな中で、県幹部の中条はそうした民会などに関心を持ち、議会制度を調査していたのである。

「たいしたものだね、この民会規則などは誰が作成したのかね」

「私が仲間とつくりました」

まだ国内ではどこでも、こうした民会なるものは実施されていない。中条も、このようなものを見るのは初めてだった。広中の説明を聞き驚いている。

「それでこの議案、決議案、廃案、成議案などというのは、どんなものを分類し綴っているのかね？」

中条は書類を手に取って眺めながら言った。

「はい、議案は当局すなわち区長の私が立案し、これから議会に提出するものです。決議案は議会に提出した議案が、修正か無修正で決議されたものです。廃案は議会で審議した結果、否決されたものと議会では可決されたが修正などあって、当局で承認できないものです。さらに成議案は議会で可決され、当局が承認したものです。ですから成議案になって議案は初めて執行されます」

中条は大きく頷きながら話を聞いていた。

「なるほど。しかしこうした民会を興すのに、またこれらの書類を準備するのに、誰かの指導や手本となるものがあったのかね」

「勿論何もありません。自分たちで考えながらつくったのです。数年前のまだ磐前県の時に常葉で民会を始めた時は、闇夜を進むようなもので無我夢中でした。石川に来てから不都合な部分を改正し、最近はだいぶよくなったのです」

「西欧諸国でやっているという議会政治を見聞もせず、ここまで民会を実現させるとは素晴らしい才能だな」

中条は広中の顔を改めて見詰め直した。

「どうですか。県においての県議会は？」

広中は再度念を押した。中条はすぐには返事をしなかった。暫く考えてから言った。

「まだ日本国内ではどこの府県でもやっていないから、実施するのにも前例や見本がなく、県職員には理解できまいなぁ」

「まだどこの府県でもやっていないから、わが福島県で実行するのです」
広中は、中条にその気があると見たので強く迫った。
「まぁ、県令がなんと言うか、話してみるよ」
中条は広中の熱意に感心し、県議会について考慮することを約束して帰った。

その後、中条より「県議会を開くか開かないかは別として、三民会つまり県会、区会、町村会の『三民会規則』を作成し、県に提出するように」との手紙が届いた。広中は早速「三民会規則」の草案つくりに取りかかった。だが彼が実施した常葉や石川は区会である。県会となれば行政範囲も組織も大きくなる。まず議員の定数を何名とするか。選出方法はどうするか。磐城や南会津など遠方の議員は福島まで出るのに何日もかかる。

また、議員になれる者の資格と議員を選挙する者の資格はどうするかだ。戸主だけとするか、納税額によって制限するかなどであった。さらに年齢も二十歳以上か、二十五歳以上とするか。検討することはいろいろあった。

そして県会と同時に、区会や町村会も全県下に実施するとなれば、それらの規則も必要であった。町村会は単位が小さくなる。百戸や二百戸の村もある。議員の割り振りや選出方法はどうするか。区会とは異なって、いろいろと問題もあった。

それでも広中は、石川の吉田光一や三春の田母野秀顕などの意見も聞きながら、なんとか町村会、区会、県会の「三民会規則」を作成し、県に提出した。

一方県庁でも、太政官より転任してきた柿沼という者を主任として、広中の提出したものを基本に、民会規則の起草に取りかかっていた。それは議会政治に理解があるというよりも、地租改正や徴兵制度などによって混乱し、反発する地方住民の反抗意識をやわらげて行政を円滑にするため、民会を利用しようとする考えもあったからだ。

やがて県では町村会、区会、県会の「三民会規則」案ができると、県内の区長の代表を福島の常光寺に集めて修正検討を行った。その時、広中も修正委員に選ばれた。

「これは私が県に提出したものより、大分後退し悪くなっているな」

広中は、県が起草した「三民会規則」の原案を一読して失望した。彼が提出した原案では「二十歳以上のすべての男子に選挙権を与える」としていたものが、納税額によって制限されていた。その他にも「民会は県の指示に従い――」とか「県民の不平不満を鎮め――」などと行政執行者側に有利な内容だったからだ。

「これは民意を汲み取って行政を執行しようとするものではなく、県が地方の行政事務を円滑に行おうとするために、民会を利用するというものではないのか。これでは賛成できない。私が前に提出していた原案を参考に修正していただきたい」

広中は冒頭から異議を申し立てた。他の委員たちは原案を眺め、最初のうちは「立派な民会規則だな」などと感心していたが、広中が立ち上がって一条ごとに県の案と自分の案の相違を示し、激しく修正を迫ったので広中に同調する者が多くなった。

「そう言えば、河野さんの言う通りだ。もう一度見直した方がよい」

結局、修正意見が多く出て、県は原案の修正を約束した。だが一ヶ月ほどかけて修正した県の案は広中の満足するものではなく、二十歳以上すべての男子に選挙権を与えることなどは認められなかった。それでも他の委員が「税金も出せない者や、字も満足に書けない者に選挙権を与えるのは時期尚早だ」と発言したので、広中も納税制限や年齢制限は仕方あるまいと自分を納得させた。

「まあ皆さん賛同したので私も賛同するが、戸主以外でも独立して地租税を納税している隠居者や長男に、選挙権を与えないとなっているのはおかしい。地租税五円以上納める者には、すべて選挙権を与えるべきだ」

広中が強く迫ったので県も仕方なく、隠居している者や長男でも、独立して納税している者には選挙権を与えると修正した。広中はその他まだまだ不満はあったが、問題は「民会」を開くことだ。規則はそのうち徐々に改正するとして県の案に同意した。

明治十一年（一八七八）一月に福島県は「三民会規則」を公布した。と同時に広中を石川区長から県の六等属官吏に採用し「庶務課民会事務係」とした。中条大書記官や山吉県令は広中の才能と手腕を高く評価し、協力を求めたのであった。

だが県の六等属官という職位は、あまりにも低い身分だった。「河野広中を福島県六等属に任じ、民会事務係を申付く」という辞令を見て、吉田光一などは県の要請を断れと言った。誰もがその身分の低さに驚いたのである。だが広中は、官吏の位などはどうでもよかった。県議会の開会を自分の手で実施することを誇りとした。

広中は妻子を石川に残し、福島へ赴任した。

「やぁ河野君、ご苦労さん」

広中が県庁職員として、着任の挨拶に大書記官室を訪ねると、中条は上機嫌で広中を出迎えた。県令に次ぐ県首脳である。六等属の新任職員を出迎えるなど異例であった。

「今後いろいろお世話になりますので、ご指導よろしくお願いいたします」

広中は一応の挨拶をした。

「現在のところ、安積疏水事業の方が忙しくてね。私は県議会の方まで手が回らんのだよ」

中条は三県合併前の福島県に着任した時から、安積原野の開拓に情熱を傾けていた。彼は政府の実力者である大久保利通内務卿に協力を呼びかけ、猪苗代湖からの疏水工事を国家事業として認めさせたのだった。現在はその事業が始まり、県幹部は多忙だった。

「三県合併の時、福島と磐前は合併し、会津は独立県と政府は考えていたのだが、安積原野開拓で猪苗代湖の水を福島県に引いたら、会津県が反対するだろうから、会津も福島県に合併させて、一つの県の事業として執行するように、私が大久保内務卿に話して三県合併が実現したのだよ。それほど安積疏水事業は重要な国家的事業なのだ」

中条は大久保卿と親密なのを自慢気に話した。広中は民会以外の話は黙って聞いた。中条は戊辰戦争で薩摩長州に敗れた米沢藩士である。その彼が薩長藩閥政府のご機嫌を取り、安積疏水事業を行っているのだった。そうした関係からか、疏水事業で恩恵を受ける安積や岩瀬地方には、政府に自由民権を要求して闘う者がいなかった。

「まぁそんな理由《わけ》で民会の方は君に頼むよ」

広中はすべてを任せてもらった方がやり易いと思った。一礼して大書記官室を退出した。いよいよ県議会開催の準備に取り組んだ広中は、先輩職員は勿論、課長や書記官など上司にも遠慮なく作業を指示し、資料集めや各町村への連絡などに協力してもらった。選挙係などという微官だからといって、上司に遠慮し自分らだけで仕事をしていては作業が進まなかったからだ。この事業は県の一大事業であり、福島県ばかりではなく日本国が将来、議会制民主国家となる礎だということを、県民と官吏全員に理解させる必要があると思った。中条をはじめ県の幹部も、広中の上下関係を無視した行為を黙認していた。また仕事を頼まれた上司たちも、広中に頼まれると嫌とは言えなかった。それだけ広中には、他の者を圧する威厳があったのかもしれない。

三民会はまず、県会からではなく最末端の町村会から組織し、実施しなければならなかった。それは最初に町村会議員を決めて、その議員の中から区会議員を選び、その中から県会議員を選出することと、民会規則に定められていたからだ。

広中は、すでに常葉や石川で民会は実施していたが、多くの町村で民会は初めてである。広中たちは広い県内を走り回って町村会の議員を選出させ、町村議会を開催させた。まず議員の選出だが、常葉や石川の時は話し合いで選出したが、今回は規則に従って選挙人による直接選挙方法とした。

町村会議員は各町村の人口にもよるが、一町村で十五名前後であった。区会議員は各町村会議員十五名の中から一名を選出し、県会議員は区会議員二十五名に一名を選出した。さらに議員になれる資格は、年齢が二十五歳以上の男子で、地租税十円以上納める者である。また選挙人は、年齢が二十歳以上の男子で、地租税五円以上を納める者であった。

やがて民会規則に従って、県会議員六十八名が誕生した。議員の大半は元庄屋や地主などの豪農と、酒造業など商売を手広く営む豪商が多く、士族は割合いに少なかった。

旧藩時代は、政治の実権は武士が握り、百姓、町人はいかに豪農、豪商でも政治に口出しはできなかった。それが政治に口出しできる町村会議員、区会議員、県会議員に多くの百姓、町人の代表が選ばれてきたのだ。明治になって十年、新しい時代が始まったのである。広中は各区より提出された議員名簿を眺め、政治の一歩前進に満足した。

明治十一年五月、国内で初めての県議会が召集され、福島町の西蓮寺を仮県議会会議場として福島県議会の開会式が行われた。議員はいずれも紋付羽織袴の正装である。

広中は県官吏の六等属と身分は低いが、民会係として県議会の運営執行をすべて任されていた。また選出されてきた議員は、県議会など誰もが初めての経験である。それぞれ緊張していた。さらに山吉県令や中条大書記官は行政の執行者である。議員よりどのような質問が出るのか、提出議案をすんなり承認してくれるのか、議会では何をどうすればよいのか不安であった。ただ事務局の広中に頼るだけで、議員よりも緊張していた。広中も不安はあったが、それでも議員の中には、広中が指導してきた自由民権運動や政治結社などの仲間が沢山いた。彼らは広中のよき協力者であった。

開会式の前に議場内を整備し、飾りつけなどは広中の指導で職員が行った。県幹部が座る雛壇と議員席を向かい合わせとして、正面には「福島県議会開会式」の大きな看板を掲げ、「式次第」を張り出した。さらに、県令をはじめ県幹部の席には役職名を張り、議員席にも席番号と議員名を表示した。

会場の準備が完了すると、山吉県令が会場を下見にやって来た。

「ほう、ここで議会をやるのか。それでわしはどこに座るのだ」

「県令閣下はこの席です」

広中は山吉県令を席に案内した。山吉は席には座らず、立ったままで場内を見回した。

「それで議員がわしに質問したならば、わしはこの席で答弁すればよいのか」

「そうですが、質問する議員も答弁する県令閣下も、必ず議長を通して発言していただきます」

「直接答弁してはダメか」

「議会では議長が最高位なので、議長の許可が下りてから発言します」

「それで議長は誰がやるのだ」

「これから選挙で選びます」

県令は細かいことまで広中に質問した。初めてなのだから当然であった。県令ばかりではなく中条も県の官吏も誰もが未経験のことだけに、広中に聞かなければ分からなかった。広中はその度にいろいろ考えて説明した。

いよいよ準備が整うと、県令をはじめとした県の幹部に雛壇へ座ってもらい、広中は控室で待っていた議員を議場に案内した。勿論広中が先導役である。各議員は議場内を子供のように珍しげに眺め、自分の席を探して座った。

「それではただ今より、福島県議会を開催いたします。まず最初に中条政恒大書記官より『福島県議会の開会宣言』を行っていただきます」

広中の司会で議事が始まり、中条は演壇に上がると議員席に一礼してから、準備していた宣言文を読み上げた。骨太で筋肉質の中条の声が場内に響き渡った。

続いて山吉県令の挨拶である。県令も準備してきた挨拶文を懐から出し、棒読みした。

「次は議長の選出ですが、これより投票用紙を配りますので議長一名を記入し、ここの箱に投票して下さい」

「誰の名前を書けばいいんだ」

議員はすでに町村会や区会を経験していたが、冗談か変な質問が出た。

「議員なら誰でも結構です。議長に最適任と思う方に投票して下さい」

「河野さんではダメか」

「ダメです。議員以外は無効です」

議場の者たちはどっと笑った。堅苦しい空気が和らいだ。

やがて投票が済んで議員が見守る中で職員が開票すると、議長には二本松藩士族の安部井盤根が選ばれた。幹事長も同じ方法で選挙をして、石川の豪農吉田正雄が選出された。その他の委員長なども、選挙で円満に選出することができた。

第一日の議会は、開会式と議員の構成だけで閉会とした。三日後に本会議を開き、県令が提出した県の予算や事業などの議案に一部の質問はあったが、修正もなく満場一致で可決され、第一回の福島県議会は無事終了したのだった。

「河野君、ご苦労さんでした。よかったよ」

山吉県令は、わざわざ広中に声をかけてくれた。

「日本で最初の県議会は、河野君の努力で大成功だった」

中条も上機嫌であった。

県議会が終わって福島町の料亭での慰労会では、各議員から広中はその功をねぎらわれ、県の下級官吏でありながら、広中が主役となっていた。

広中の努力で、福島県は日本で最初に県議会を開催した。その後、政府も福島県議会に刺激されたのか地方議会の必要性を認め、その年の七月に内務省より正式に「府県会規則」を各県に布達した。福島県も国から布達された新しい規則によって、次の年の二月に県議会の選挙が行われ、国の指示による正式な県議会が開かれた。

県議会の開会を成功させた広中は、その年の八月に県官吏を辞職した。勿論県令や中条をはじめ県幹部職員や議員は、彼の辞職を引き止めたが、広中の決意は変わらなかった。

「県議会は私がいなくても、もう大丈夫です。私には次の仕事があります」

広中が目指す政治活動は、県会の開催で終わりではない。最終的には憲法を制定し、国会を開設することだ。つまり「広ク会議ヲ興シ万機公論ニ決スベシ」の仕上げである。だが国会開設といっても、全国的にその気運はまだまだ盛り上がっていなかった。高知で板垣が話していたように政治結社を充実させ、政党を各地に立ち上げなければならない。そして国会開設運動を活発化させることだった。

広中が県の職員を辞して石川に帰ると「県の官吏を辞めたのなら、石川郡の郡長になって下さい」と、石川の地元有志から要請された。広中は政治結社や政党などの活動が待っていることを理由に、これを断った。ところが三春では広中に無断で「河野さんを三春戸長に任命して下さい」と県に上申した。広中が断ると、県では三春町民に一任すると回答した。

「板垣さんは高知の新田村で村会議長をされているとのことです。河野さんも三春の戸長になって下さい」

「戸長役場の仕事は、我々がやります」

同志の安積三郎や松本茂、田母野秀顕などが熱心に広中を説得した。広中は仕方なく、少しの間だけということで三春戸長を引き受けた。だが広中は戸長の仕事にだけ専念できなかった。事務的なことは職員に任せ、政治活動に走り回った。

以前三春に創立した政治結社「三師社」の活動を指導したり、石川や会津、磐城方面に政治結社の立ち上げに奔走した。また荒町の龍穏院に同志を集め、憲法制定や国会開設の必要性を説き、西欧の自由民権を議論した。そして、三春町に町の憲法を制定しようと勉強会を開き、「町憲」を発表した。

広中が県議会の開催や三春戸長で県内に止どまっている間にも、日本の政局は大きく変動していた。まず明治十年の西南戦争は広中の予想通り西郷軍の敗北に終わり、九月に西郷隆盛は鹿児島の城山で自決した。その結果、それまで各地で起こった不平士族の反乱はこれが最後となり、これをもって日本人同士が武器を持って戦う内乱は終結した。

またそれ以前の五月、幕末から長州閥の代表であり、新政府の重鎮であった木戸孝允が病死していた。さらに次の年になって、現政府の最大実力者であった大久保利通内務卿が、東京の紀尾井坂で暗殺された。明治維新を成し遂げた西郷、大久保、木戸の三巨頭が一度に世を去った。

後を継いだ参議の伊藤博文や山県有朋、黒田清隆らは政府の危機を感じた。

「この期に反政府活動が盛り上がってはいけない。西南戦争のような反乱を未然に阻止するために、反政府活動などは微弱のうちに壊滅させるべきだ」

板垣が予想した通り、政府は反政府運動の弾圧を一段と強める政策を取った。出版条例などで政府批判の新聞や雑誌の発行を禁止し、執筆した記者を処罰した。さらに集会を取り締まる条例などで反政治活動の集会や演説会などを禁止し、言論や行動の自由を制限し違反すれば処罰した。

そんな中で、高知の板垣は全国的な政治結社である「愛国社」を強化し、再興大会を二度大阪で開いた。当然板垣から広中に出席の要請はあったが、第一回と第二回は県議会の開催や三春戸長などで出席できなかった。

だが広中は、三春や石川だけの政治活動に止どまっている男ではない。高知で板垣との約束もある。広中は多くの政治結社の結合による、政治活動をやらなければと思った。まず県内の岩代、磐城の政治結社を集めて「岩磐二州会」を組織した。石川の「石陽社」三春の「三師社」喜多方の「愛身社」相馬の「北辰社」磐城の「興風社」二本松の「明八会」などの各社である。

広中は、これらの行動で吉田光一や田母野秀顕など石川や三春の同志の他に、県北の平島松尾、浜通りの岡田健長、愛沢寧堅、苅宿仲衛や、会津の山口千代作、赤城平六、遠藤直喜など、多くの仲間と交流を深めたのだった。

「次は東北地方の政治結社の結合だ」

広中は三春の岡大救と東北各地の政治結社を回り、東北の団結を呼びかけて「東北有志連合会」を仙台で開催した。

「やぁ河野さん、暫くぶりでした。またお会いできて何よりです」

山形の森藤右衛門が手を挙げ寄ってきた。明治八年に東京で開かれた「地方官会議」の時に、当時の酒田から同じ傍聴人として参加した男である。

「今度は政治結社の仲間として共に頑張りましょう」

「そうですね。宜しくお願いいたします」

東北有志連合会は、その後も東北の各地で大会を開き、福島や山形の他に秋田の柴田浅五郎、岩手の鈴木舎定、宮城の若生精一郎、大立目謙五、村松亀一郎など多くの有志が集まって、共に憲法制定や国会開設を政府に要求しようと、自由民権運動を誓い合った。こうして広中は、東北の有志をまとめて会議を開き、演説会なども各地で開催した。もはや広中は石川や三春だけの活動家ではなく、福島県の代表であり、東北を代表する自由民権運動の活動家になっていたのである。

第七章　国会開設に向けて

明治十三年（一八八〇）の二月、大阪の愛国社より大会開催の案内状がきた。

「福島県議会を成功させ、いよいよ次は国会開設ですか」

「愛国社」より三春の「三師社」に届いた第四回の大会案内状を見て、野口勝一が言った。

彼は茨城県人だが、三師社で広中たちと熱心に政治活動をしている男だった。

「そうだ。今度の愛国社大会は憲法制定と国会開設の請願が重点課題だからな」

野口の言葉に広中は大きく頷いた。

「愛国社」は板垣退助や後藤象二郎たちが大阪に設立したもので、憲法制定や国会開設を政府に要求する全国的な政治結社だった。広中も誘われて社員になっていたが、第一回の大会には県議会の開設で行けず、第二回も「岩磐二州会」や「東北有志連合会」結成などで欠席し、前回初めて第三回の大会に参加した。そこで広中は大阪にある愛国社を東京へ移す提案をしたが、認められなかった。だがその代わりに大阪を本社として、東京に分社を設立することになった。この東京分社は事実上広中たちが運営することとなり、経費は石陽社と三師社が出し、専従職員には石川の吉田光一や三春の佐久間昌言などが当たっていた。

「実は東京にいる昌言さんが『三春の三師社から国会開設の建言書を政府に提出してはどうか』と言ってきたのだよ」

三師社の窓から城山を眺めながら広中は言った。昌言とは戊辰戦争の時に藩の代表で棚倉に行った藩士の佐久間昌言のことである。弟の昌後たちも三師社の社員として活躍していたので、広中からすれば先輩であるが名前で呼んでいた。

「それは素晴らしいことです。この三師社から国会開設の請願書を出しましょう」

若手の安積三郎が立ち上がって賛同した。三師社は二年前に荒町の龍穏院に設立した政治結社である。広中が社長で三春近郊から八十名ほどの同志が社員になっていた。龍穏院は三春藩主秋田公の菩提寺で、戊辰戦争の時は官軍の屯所が置かれた町内一の寺院だった。あの戊辰戦争から十三年経っていた。あの時の先輩であった安積儀作の子が、広中の目の前にいる三郎である。当時はまだ子供であったが、現在は父の薬種問屋を引き継いで商売をやり、三師社の社員として広中と共に活躍している若者だった。

「愛国社が国会開設を要望する前に、この奥州の三春から国会開設を要望するのも悪くはないですね」

傍で聞いていた田母野秀顕も乗り気になった。彼は町内神社の神官だ。

明治七年に「民撰議院設立建白書」が板垣らによって政府に提出されて以来、全国的に憲法制定や国会開設の運動が盛り上がっていた。特に西南戦争で西郷軍が政府軍に敗れてからは、もはや武力によって政府に抵抗する時代は終わったと誰もが感じた。板垣が制してもなお武力闘争を叫んでいた土佐の林有造や片岡健吉らも、武力抵抗を諦め板垣と共に愛国社の幹部として、活発に国会開設運動を始めたのである。

「いいことだ。この三春に『三師社』ありと政府に示し、愛国社大会でも報告しよう」

その場に居合わせた松本茂や遠藤久成なども賛成した。

「それでは建言書の提出は発案者の東京にいる佐久間昌言さんにお願いしよう」

「政府と言っても太政官から元老院や内務卿などいっぱいあるが、どこに出すのですか？」

若い三郎は三師社の床の間に掲げてある「五箇条之御誓文」を眺めて言った。

「元老院に出そうと考えている」

「わが『三師社』もたいしたものだな。県会を興し、国会開設を政府に要求するとはな」

年長の松本芳長が言った。彼は町内で酒造業を営む豪商で、広中より八歳年上である。

「憲法の制定や国会の開設となれば、県会とは別ですからね」

「憲法制定の要望も建言書には書き入れるのですか」

佐久間昌後が質問をした。

「いいことを思いついてくれた。国会開設をするのには、当然に憲法を制定しなければならない。憲法制定についても書き添えよう」

「それで建言書は誰が書くのだ」

広中の後で三春戸長になった松本茂が皆を見回した。

「それは社長の河野さんだろう」

松本芳長が当然のように言った。

「いや、これは神官の田母野さんか、僧侶の岡大救さんにお願いしよう」

広中は二人を見てお願いした。

「政府に提出する建言書となると、見本となるものがないとわれらでは困難だ。提案者であり、三春藩の学者であった藩士の佐久間昌言さんにお願いしよう」

岡和尚が言ったので、広中も賛成した。

「それはいい考えだ。東京分社の同志には、政府へ出す陳情書や請願書を書いた者も沢山いるから、見本となる書類はあるはずだ」

広中は、さっそく愛国社の東京分社にいる昌言に手紙を書いた。昌言は東京分社に見本があるからと承諾してくれ、やがて国会開設の建言書を作成し、草稿を手紙で三春へ送って寄こした。

それは「国会設立ヲ請ウノ建言」と題して「岩代ノ国某郡三春村三師社代理佐久間昌言何某恐惶頓首上言ス」に始まり、千五百字にも及ぶものであった。議会政治の必要性を説いて、わが国も国会を設立し、国民の意見を取り入れた政治を行うべきであると主張した。最後は「敢テ腹心ヲ披露シ併セテ仮憲法編成ヲ献シ、伏テ採択ヲ請ウ昌言等恐惶頓首。明治十三年　元老院議長、有栖川宮熾仁殿」というた堂々たるものであった。さらに「仮憲法編成概法」として、憲法制定に至るまでの手順を六段階の項目に並べ載せていた。

「こりゃたいしたものだ。よしこれで行こう」

「でも、この提出者は三師社社長の河野さんでなく、なんで佐久間昌言さんになっているのですか?」

三郎が不審がって訊ねた。

「これは元老院に提出するのに、代理人が持って行くよりは、提出者本人が行くということで、東京にいる佐久間さんにお願いすることにしたからだよ」

広中の説明に誰もが納得した。

三師社からの「建言書」は、佐久間昌言が元老院に出頭し提出しようとした。だが受付で不当に拒否され、提出はできなかった。それでも広中らは、この三春から国会開設の「建言書」を政府に出すことに意義を感じていたのであった。

「今度はいよいよ愛国社大会だな」

三月に入って雪も解け、暖かくなってきた。松本芳長が城山を眺めて言った。

「そうです。今度の第四回愛国社大会は、国会開設を政府に迫る重要な大会です。前回の参加は私一人だったが、今回は県内から数名で出席したいと思っています。どうです、芳長さん。一緒に参加しませんか」

「おれでよければ行ってもいいよ」

広中は三師社の仲間に諮って、第四回愛国社大会へ三師社代表として、年長の松本芳長と自分が参加することに決めた。松本は福島県議会へ田村郡より選出されている議員でもあった。

「それでは三春から私と芳長さん。それに他の結社からも参加を呼びかけてみます」

広中は次の日から手紙を方々へ出して愛国社大会への参加を呼びかけた。東北から大阪への参加は旅費や幾日もの宿泊費から、半月に及ぶ日数で大変である。それでも広中の熱心な要請で、県内からは相馬の岡田健長や会津の山口千代作などが参加し、宮城からは村松亀一郎、岩手からは鈴木舎定と岩鍵迂太郎。その他に山形、新潟からも数名出席してくれることになった。

明治十三年四月五日に、第四回愛国社大会が大阪府北久宝寺町の喜多福亭で開かれた。

「よう、河野さん、遠路はるばるよく来てくれましたね」

先に着いていた土佐の西山や片岡が出迎えてくれた。

「お世話さまになります」

「昨年の第三回大会からまだ半年なのに、東北から沢山の仲間を連れてご苦労さまです」

「四国地方の皆さんは大勢参加されているのに、昨年は東北から私が一人でしたから、今回は仲間を連れてきました」

広中は得意顔で言った。

「今回は国会開設の請願を最重要課題にしておりますからね」

「私どもの結社からも憲法制定と国会開設の『建言書』を元老院へ提出しようとしたのですが、受け取りを拒否されました。やはり地方ではダメですね」

「奥州の三春から元老院へ出したのですか」

「そうです。我々だけで出しました」

広中は胸を張って報告した。

「それは素晴らしいことです。お互いに頑張りましょう」

大会は全国の政治結社から代表が百数十名も集まり、熱気にあふれていた。いずれも日本の将来を憂える若者たちである。

「大した人数だな。全国には愛国社を支援する政治結社の社員が、八万七千人もいるそうだ」

広中たちは大会の盛大さに圧倒された。大会議長には片岡健吉、副議長に西山志澄が選出されて、河野の期待通り国会開設を請願することが主要な議題となった。

大会の中で「国会開設願望有志会」が結成され、国会開設を政府に要求することになった。そして「国会開設願望請願書」が起草され、広中は審査委員となって作成に当たった。その内容は国会開設の急務を政府に訴えるものだった。

その「請願書」は万場一致で可決され、いよいよ「請願書」を政府の最高機関である太政官を通して、天皇陛下に奉呈することになった。そしてその「国会開設願望請願書奉呈委員」に土佐の片岡健吉と広中が選出された。

それは、この大会の正副議長が高知の片岡と西山の二人だったことで、九州勢などから反発があったからだ。そこで西日本からは片岡が選出され、東日本からは広中が選ばれたのであった。

「奉呈委員」は太政官に出頭するのだから、大変に重い任務である。片岡は板垣と同じ土佐藩士で戊辰戦争では官軍として活躍し、明治維新には政府の要職にあった。さらに現在は日本を代表する自由民権の活動家だ。その片岡と一緒に国会開設を政府に要求する代表者に広中は選ばれたのだ。自由民権の活動家として大変に光栄であった。だがその役目も重大である。

「反政府運動に対する政府の弾圧は厳しくなっているから、上京には充分に注意するようにしてほしい」

板垣たち愛国社の幹部は二人の上京を心配してくれた。当時、政府は自由民権運動に神経を尖らしていた。現に今回の愛国社大会を中止させようと、四月五日の開催を知ってから、四月八日に慌てて「集会条例」なる法律を公布して、十日をもって愛国社大会の解散を命じてきた。だが大会は九日に閉会したのでトラブルは発生せず、検挙者を出すようなことはなかった。このような状態だったので当局の目が光っており、大阪から東京まで、さらには上京してからも大変だった。

「二人一緒の行動は危険だから、陸路と海路に分かれて上京しよう」

片岡は大阪港から船で、広中は東海道を陸路で東京に向かった。さらに広中らは用心し、本物の「請願書」を伊藤物部という同志に持たせて、別行動で上京した。

当局の目を警戒しながら無事東京に着いた三人は、愛国社の東京分社で落ち合った。福島から田母野や野口らが来ていて、佐久間らと賑やかになった。

「愛国社大会における『国会開設願望請願書奉呈委員』に、河野さんが選ばれるとはたいしたものだ。そんでその『願望書』はどこに出すのだい」

「太政官だ」

「太政官とは畏れ多いところだな。太政大臣の三条実美さまに会うのかい」

「勿論面会を求める」

「河野さんも太政大臣に会うとは凄い話だ。公家の最高位の雲上人だよ。三春の殿さまだって会えないぞ。世の中変わったな」

三春藩士だった佐久間昌言が驚いている。

「愛国社大会でそれだけ重要な委員に選ばれたというのは、もはや河野さんは福島や東北ばかりではなく、今や自由民権運動の東日本の代表となったのだな」

吉田光一は広中より四歳年上だが、広中をすっかり見直して言った。いやこの時期になると、影山や佐久間兄弟など広中より年上の誰もが、広中には一目置くようになっていた。広中には、年齢の若さなど関係なく他人を惹きつけるものがあり、多くの仲間をまとめる人物としての風格があったからだ。

片岡と広中は愛国社大会で決議された「国会開設願望請願書」を持って、四月十七日に太政官に出頭した。片岡は明治維新に政府の役人にもなったので、政府の最高官庁に来たことがあるが、広中は初めてである。思わず緊張した。

「請願書」は冒頭に「国会を開設する允可を上願する書」と題して「日本国民臣片岡健吉、河野広中等、敢て尊厳を畏れず、茲に謹んで恭しく、我天皇陛下に願望する所あらんとす。臣等我国に在て国会開設を望むこと既に久しく――」という書き出しで始まり、五千五百余字に及ぶ長文で、内容も堂々たるものであった。また全国の請願人八万七千余人の総代として、連名で九十七名の者が署名していた。さらに、その後に副願として「国会を開設する允可を皇帝陛下へ上願仕度候に付御呈奉被成下度候也」と書き、日付けを入れて河野広中、片岡健吉と署名捺印し、「太政大臣三条実美殿」としたものであった。

太政官は警備も厳重で、巡査がいたる所に立っていた。

「我々は大阪で行われた愛国者大会の代表として、請願書を太政大臣殿に提出するために参った。取り次ぎを願いたい」

片岡は侍言葉で守衛に話をした。すると守衛も二人をじろじろ眺めていたが、門前払いをすることはなかった。やはりそれなりの態度を示さないと見下げられる。侍言葉で命令調に話すべきであると広中は感心した。守衛に案内され、門を入って事務所に通されたので、太政大臣との拝謁を求めると「太政大臣は公務多忙で拝謁できません」と拒絶された。当然かもしれない。広中は商家の出だし、片岡は士族といっても現在は官位もなにもない。それでも広中らは身分の差など考えていない。自分たちは全国の国会開設請願者、八万七千人の代表としての自負があった。

「大阪で行われた愛国社大会の代表として参った。とにかくお前では話にならん。上司を呼んでこい」

片岡の強い要求で出てきたのが、谷森真男という太政官の書記官であった。

「どんなご用でしょうか？」

太政官の高級官吏だが、言葉は丁寧だった。彼は二人を会見室に通してくれた。

「お忙しいところへ勝手を申し上げて恐縮です。この度、国会開設を願望する全国民の代表が大阪に集まり大会を開き、その大会において『国会開設願望請願』を満場一致で決議されました。私どもは愛国社大会の代表として、決議された『請願書』を天皇陛下に奉呈していただくために上がった次第です」

片岡も先ほどとは異なり、丁寧な言葉で話した。

「――――」

谷森は口数の少ない男なのか、慎重なのか、応対に出ながら何も話さなかった。

「ご承知のように天皇陛下におかれましては、明治政府を樹立される際に『広ク会議ヲ興シ万機公論ニ決スベシ』と『五箇条之御誓文』を発布なされました。その第一にあるこの『広ク会議ヲ興シ』とは国会開設であります。日本が西欧の諸国に追いつき、近代国家となるためには、憲法を制定し国会を開設することが大切です」

片岡は仕方なく、一人でいろいろ話した後で締めくくるように言った。

「是非、このことを三条大臣にお取り次ぎ願い、天皇陛下に上奏をしていただきたいのです」

谷森はしばらく返事をしなかったが、やがて静かに言った。

「お話の趣旨は分かりました。少々お待ち下さい」

彼は二人を会見室に残したまま、部屋を出て行った。だがなかなか出てこない。一時間以上も待たされて、広中らが待ちわびた頃やっと戻ってきた。

「この書類は太政官において、受理するものではありません。従ってお返しいたします」

「それは大臣のお言葉ですか？」

「勿論お伺いしてのご返事です」

「しかし、太政官となれば政府の中枢機関ではないのですか。そこで受け取れないとは合点がいきません」

片岡も広中も納得できない。しばらく押し問答が続いた。だが谷森は一歩も引かない。というより黙秘している。広中たちだけが、ただ話をしていた。

「しからば、この『請願書』はどこへ出せばよいのですか」

片岡も折れて訊ねた。

「私どもが、どこへ出しなさいなどと指示はできません」

「それはおかしい。この『請願書』がこちらで受理できないとなれば、どこの官庁で対応するのか教えて下さい」

谷森書記官は少しの間沈黙していたが、やや考えてから低い声で言った。

「敢えて言えば、元老院でしょうかね」

「元老院ですか。この『請願書』は現在の専制政治から議会政治へ、政治体質の改革を要望するもので、わが国民の権利に関する重大なものです。その辺の一辺の上書や『建言書』とは異質なものです」

「――――」

片岡がいくら説いても太政官の書記官には通じないのか、彼は返事をしなかった。

「この文書は、日本全国の代表が集まった愛国社大会で決議された、最も重要な『請願書』なのです。我々は、その『請願書』の奉呈委員に選出された者です。つまり、我々二人は日本全国民の代表なのです。だから太政官に参ったのです。だが、我々の行為を軽視して、受理できないとなれば仕方ありません。元老院に手続きをしてみます」

二人は仕方なく太政官を退出した。

「しょうないな。元老院に出すとなると、こんな立派なものはいらなかったし、最後の方も書き直さなければならないな」

宿に帰ると、広中らは「請願書」の末尾を太政大臣三条実美殿から、元老院議長有栖川宮熾仁殿に書き換え、さらに「この書は天皇陛下に上奏する書なるを以って、宮さまにおいて天皇陛下にご奉問の上、採否如何を達せられたし」と添え書きした。


二日後、二人は元老院を訪ねた。すると、ここでも元老院議長は公務多忙で会えないと面会を拒否された。代わりに森山茂という書記官が応対に出た。広中らは「請願書」の奉呈を太政官で断られた経過を仔細に話してから言った。

「そうしたことで、この『国会開設願望請願書』と、添え書きを元老院に提出しますので宜しくお願いします」

片岡が「請願書」を差し出すと、森山は黙って受け取った。だが何時まで経っても返事をしない。

「何か不備な点でもございますか」

片岡が訊ねた。

「突然なので、今すぐの返事は無理です。熟読し、上司と検討してみないと分かりません」

「そうですか。それでは私どもはここに宿をとっておりますので、ご連絡下さい」

広中らは宿泊地を紙に書いて示し、元老院を退出した。

だが幾日過ぎても宿へは何の連絡もない。仕方なく、数日後に広中たちはまた元老院を訪ね、元老院議長に会見を求めた。だがやはり拒否され、森山書記官が出てきた。

「この前奉呈した『請願書』はどうされましたか」

「当院の考案をつけて太政官に回しておきました」

「提出した上書は政体改革を願望する重要なもので、ただ請願したものではありません。天皇陛下の可否を仰ぐものです。上奏せずに回したとは納得できません」

片岡は詰め寄った。

「当院の規定では上書建白に対しては、これを指令する権限はありません」

「その上書建白に権限がないのは承知しています。我々が奉呈する物はただの上書建白と異なり、政体改革すなわち憲法制定と国会開設を願望する『請願書』です。請願書には必ず採否の指令がなければならないはずです。そのために別書を添えて議長に提出したのです」

「別書は確かに添付されていました。よって当院の職制に照らし、これを建白とみなし受理したのです。それで当院としても国会開設については同情する故に、意見書を添えて太政官に回送したのです」

「しかし太政官では取り合ってもらえなかった。元老院議長に会わせて下さい」

片岡は議長との面会を強く求めた。

「議長は公務多忙です。上書建白に関しては専門の議官がおります。議長に会って話すよりは、その議官に会った方がよいでしょう」

「それじゃ、その議官に会わせて下さい」

「本日は諸用で外出しておりますので、後日議官の都合を伺って連絡いたしますから、その時においで下さい」

広中と片岡は、なんとなく愚弄されたようで納得できなかったが、仕方なく後日を約束して、その日は元老院を退出したのだった。

その後、また幾日も待たされ、四月三十日になって議官が会ってくれると連絡がきた。だが、その日は片岡が緊急の用事で不在だった。仕方なく片岡の代わりに大阪から来ていた伊藤を連れて、広中は元老院に出向いた。

「幾度も来られ、ご苦労さまです」

前回対応した森山書記官は留守だったが、別の書記官が愛想よく広中たちを出迎え、すぐに専任の議官と会わせてくれた。その専任の議官とは安場保和と本田親雄であった。安場は、明治五年から八年まで合併前の福島県令だった方である。

「あなたが常葉や石川で民会を興されていた河野広中さんですか。お噂は磐前県令からお聞きしておりました」

安場は広中の名を知っていた。だが会うのはお互いに初めてである。

「そうですか。ありがとうございます。私も名福島県令としての安場さんのことは伺っておりました。ところで、今日は『国会開設願望請願書』の件で参りました」

「その件は森山より聞いておりました。それで国会開設については本院も望むところですので、本院の意見を入れて太政官へ回送しようと、現在手続きをしているところです」

安場の話は前回聞いた森山書記官と異なっていた。

「おかしいですね。この前はすでに太政官へ回送したと森山さんは言っておりました。回送していないのならすぐ返して下さい。我々がもう一度、太政官へ持って行きます」

「それじゃこちらで『請願書』がよいのか『建白書』がよいのか検討してみます」

話がどうもおかしくなって納得できなかったが、広中は元福島の県令として評判のよかった安場議官に親しみを感じ、彼に任せてその日は元老院から帰ってきた。

そして数日後「請願書」は、広中たちの宿屋に返送されてきた。

「なんだかお役所のやることは分からんな」

なんで返送してきたのか理解できなかったが、広中たちは太政官へ行くことにした。

「よし、今度は腹を据えて太政官へ行こう」

戻ってきた片岡と広中は、また太政官へ出かけて行った。

「谷森書記官に会いたい」

事務所窓口で申し込むと、すぐに谷森書記官が出てきた。

「あなたの言った通り元老院に行ってきたが、日数ばかりかかりダメでした。三条実美太政大臣に拝謁したいので取り次ぎをお願いします」

片岡は強い調子で言った。だが前回と同じで「太政大臣は公務多忙です」と断られた。

「太政大臣に拝謁できないのなら、左大臣か右大臣に拝謁したい。右大臣の岩倉具視卿は西欧を視察された開明派の公家さまと聞く。話が通じるだろう」

広中たちは身分の差など最初から眼中になかった。自分たちは全国から集まった国民の代表という自負があった。だが、相手も太政官の役人という自負がある。昔ならお公家さまの役職だ。地方の下級士族や平民の町人風情を国民の代表などとは思っていない。

「左大臣、右大臣とも公務多忙でダメです」

谷森書記官の声は以前と異なって高くなった。

「それなら参議の大隈重信公や伊藤博文公と会見したい」

片岡も高姿勢に出た。

「参議諸侯とて公務多忙です。私が代理でお話をお聞きします」

「そうですか。それでは太政大臣にお取り次ぎ願いたい。この『国会開設願望請願書』を天皇陛下に上奏し、その勅裁を仰がんことを請い願うものであります」

片岡は谷森より声を大きくして言った。広中も片岡の毅然とした態度には感服した。さすが戊辰戦争を戦い抜いてきた男である。土佐の板垣退助は明治維新において、大隈や伊藤より上位の参議であった。片岡だとしても場合によっては参議か、この谷森よりは上位の政府高官になっていたかもしれないのだ。

しばらく押し問答した後で、片岡が差し出した「請願書」を谷森は受け取ると黙って部屋を出て行った。そして夕刻になるまで待たされ、谷森は「請願書」を持ち戻ってきた。

「あなたの言葉を太政大臣に申し上げ、この『請願書』を太政大臣にご披露しましたが、『これは受理できないので却下すべし』とのお言葉です」

「これが受理できないのは、体裁上に不都合の点があるからですか」

「いや」

「しからば即ち、この『請願書』は天皇陛下に奉呈するものですが、わが国民は政治体制の改革を天皇陛下に奏上することができないためでありましょうか」

「その通りです」

谷森書記官はきっぱりと言った。

「政治体制の改革をなぜ天皇陛下に奏上できないのですか」

「それは説明する必要がありません」

谷森は顔を逼迫させた。天皇陛下という言葉を軽々しく持ち出して、押し問答するなどとんでもない。彼は今にも「不敬である」と怒鳴らんばかりであった。

「もう、これ以上頼まぬ。河野さん、これ以上話しても無駄だ。帰りましょう」

片岡も谷森の次の言葉を予測したのであろう。広中を促すと太政官を退出した。

「あれ以上、天皇陛下という言葉を押し出して論ずれば、彼は守衛の巡査を呼んで我々を『不敬罪』として逮捕したかもしれないのだ。やるだけやったよ」

片岡は笑って言った。

広中たちが最初に太政官を訪ねたのは四月十七日であり、決裂したのが五月九日であるから、二十日以上も二人は政府に迫って交渉したのであった。

「これ以上の交渉は無理だ。だからと言ってこのまま引き下がるわけにはいかないな」

愛国社の東京分社に帰ると、片岡は考え込んで言った。

「だが太政官や元老院にはもう行けません。何度行っても無駄です」

「何かうまい方法はないかな。このままでは大阪には帰れない」

広中も片岡も腕を組んで考えた。

「どうです。太政官や元老院の不誠実な対応を新聞に載せて、全国の同志へ配布しては」

事務所にいた吉田光一が言った。

「うん、それはよい考えだ。新聞に書いて全国の同志に配布しよう」

片岡は思わず立ち上がった。

「よしやろう。われらも応援します」

河野たちの報告を聞き、同席していた佐久間や田母野なども賛同した。

広中たちは早速この間の経過を「国会開設願望請願書奉呈の路は途絶えたり」と詳しく書き、東京愛国社幹事の箱田六輔に印刷してもらい、全国の自由民権活動家同志に報告書として送付したのだった。全国の同志は広中たちの粘り強い交渉を称賛した。そして片岡と共に活躍した河野広中の名は、全国に知れ渡った。

「請願書」は受け取ってもらえなかったが、広中たちの行動は無駄ではなかった。その後、国会開設の運動は全国に波及し、各地で国会開設を要求する建白書や請願書が政府に送り届けられた。その結果、次の年の明治十四年（一八八一）十月二日になって、政府は「国会開設に関する大詔」を発布し、十年後の明治二十三年（一八九〇）までに憲法を制定し、国会を開設すると国民に約束をした。

第八章　県議会議長と自由党

「河野さん、県議会議員をぜひ引き受けて下さい」

愛国社の東京分社は都会の真ん中にあった。福島から出てきた田母野秀顕は、先ほどから同じことを何度も繰り返し言っている。

「そんな勝手にやられても困るよ。おれは現在自由党の結党準備で忙しいのだ」

広中も同じことを何度も言っていた。

「それは分かっています。そこを曲げて地元のためにお願いします。福島の同志の誰もが待っているのです」

福島の県議会は、明治十一年（一八七八）に広中の指導で開設されたが、その後に内務省より新たに「府県会規則」が布達されたので、広中の指導で開かれた県議会は解散した。そして十二年に改めて選挙が行われ、政府の指示に従った県議会が開かれた。当時の県議会は二年ごとに半数が改選と規定されていたので、十四年の二月には半数改選の選挙が行われた。そこで地元三春の有志は本人の了解を得ずに広中を立候補させ、当選させたのであった。

「田村郡で最高点で当選したのですから、ぜひ福島に帰って引き受け、頑張って下さい」

田母野は広中を東京まで迎えにきたのだった。

広中が指導して県議会を開いた時は、県の下が区単位だったので各区の議員から県議会議員を選出していたが、その後に政府が発布した「府県会規則」は、区を廃止し郡単位の直接選挙となっていたので、広中は田村郡から選出された。

「おれが県議会議員をやらなくても、地元には仲間が沢山いるじゃないか」

「三春からは影山正博さんと松本芳長さんも当選されました。でも議員の大半は議員という肩書を地域の名誉職と考えている者が多く、政治家としての自覚も政策も信念もなく、県令の提案には黙って賛成する議員ばかりです。あれでは河野さんがせっかく設立した県議会も意味がなくなります」

田母野は熱心に県議会の様子を訴えた。東京分社の仲間たちも心配してくれて言った。

「河野さん。地元の同志が呼んでいるのですから、福島に帰って県議会議員として頑張ってはどうですか。福島でも河野さんを必要としています」

高知から東京分社に来ている者たちも田母野の意見に賛同した。

「しかし、現在は自由党の結党という大切な時期だからな」

西南戦争で西郷軍が敗れると、武力をもって時の政府を倒し政権を奪うという考えから、志を同じくする者が集まって政党を組織し、言論戦や選挙戦に勝利して政権を獲得する思想に変化してきた。板垣は早くから政党の結成を呼びかけ、広中も協力していた。

「自由党の方は私らでなんとか頑張ります。県議会議員になっても福島にばかり行っているわけではないでしょう。時々東京へ来て我々を指導して下されば宜しいのです」

「国会も大切だが、地方の自治も大切だと板垣さんは言っておられた。それじゃ、福島の県議会と自由党の結党と両方頑張るか」

広中は仕方なく、田母野の意見に従った。

「河野さんが議会へ出てこられ、これはよかった」

広中が初議会に出席すると、県議会議長の山口千代作が大げさに悦んで出迎えた。

「愛国社大会ではいろいろお世話になりました。今回も宜しくお願いします」

広中は県議会の開設を指導したといっても、議員としては初めてである。議員の先輩であり、県会議長で一歳年上の山口に頭を下げて挨拶をした。

「いや、こちらこそお世話になります。それで、河野さんに特別な話があるのです」

山口は頬を寄せてささやいてから、広中を議長室へ案内した。

「何ごとです。特別な話とは？」

広中は議長室の来客用椅子に腰をおろし、山口と向かい合った。

「実は今回の選挙で県議会の議長は替わります。そこで新しい議長を河野さんにお願いしたいのです」

突然の話に広中はびっくりして山口の顔を見た。

「なにを言っているのですか。あなたが現在の議長でしょう。再選して議長を続けなさい」

山口は最初の県議会から議員に出て議員経歴は長い。しかも広中より年上である。山口を出し抜いて広中がやれるわけはない。

「田村から河野さんが議員として出てくると言うので、実はもう話し合いができているのです。今日の初議会の議長選挙で当選します」

「そんなバカな。山口さんも愛国社大会へ出て知っての通り、今私は自由党の結党準備で忙しいのです。県議会議員さえもできないと断ったのに、地元の同志が勝手に議員にしてしまったのです。とても議長はできません」

「今県議会は河野さんの指導を必要としているのです。議員の大半は議会中一度も発言しないで、県の提案は満足に検討もせず、中には理解もできないまま『賛成、異議なし』という始末です。そんな有様ですから、当局は本会議を開かずに政策を決めたりします。また、県庁まで二、三日の行程が必要な南会津の議員を無視して、通知を出した次の日に議会を開催するなど、当局の議会軽視は甚だしく、私も何度か当局へ抗議はしたのですが、困っています」

「それは困ったな」

「私が副議長をやりますから。河野さん、どうか引き受けて下さい」

「致し方ないな」

中央でいくら頑張っても、地方がぐらついていたのでは仕方ない、広中は腹を決めた。明治十四年（一八八一）四月に河野広中は議員初当選の三十一歳で、福島県議会議長に選出された。勿論副議長には山口千代作が就任した。

「やあ、河野さんが議長になられてよかった。期待をしておりますよ」

議長就任の挨拶に県庁へ行くと、山吉盛典県令は笑顔で広中を迎えた。三年前に県議会係の時は河野君であったが、今回は「さん」づけで呼んでくれた。やはり議長になると対応が異なっていた。いや広中がもはや地方の区長や六等属の職員ではなく、自由民権運動の全国的な活動家であることを、山吉県令は認めていたのであった。

「お世話になります。それで県もいろいろと忙しく大変でしょうが、議会を軽視することなく宜しくお願いします」

広中は、まだ議会へは臨んでいないが山口の話を思い出し、山吉県令へ二つ、三つ議会に対する要望を申し入れた。

「議会の方は中条君に任せておるが、彼も安積疏水工事にばかり熱中して、議会を軽視しているとすれば注意をします。議会で何か不都合なことがあったら、遠慮せず私に言って下さい。県と議会が円満にいってこそ、県の行政は進展するのですからね」

山吉県令は広中の政治活動を知っているだけに、議会を刺激しまいと低姿勢だった。

「県令は理解ある返事をしたよ」

広中は山口に県令との会話を話した。

「最近、県令と中条さんとの仲がうまくいってないようなので、県令は河野さんの機嫌をとって味方にしようとしたのですよ。悪いことは中条さんの責任にするのでしょう」

「ほう初耳だ。安積疏水の大事業中に県令と大書記官が不仲では困るだろう」

「どうも有能な中条さんは仕事をやり過ぎ、政府関係者や県庁内では人気が高いので、県令は自分の座を奪われまいかと、嫉妬しているらしいのです」

広中は最近、東京での仕事に没頭して県庁内でのことは知らなかった。その後間もなくして中条は福島県庁を追われ、太政官小書記官へ転任させられた。

「まぁ県当局の方はそうとして、議員も議会を軽視してますよ。議員は議員としての自覚が足りないのです。また県民全体のことを考えていないのです。議員が六十二名もおっても議会にはいつも四十数名しか出席していないし、出席しても質問も発言もしないで、中には居眠りをしている者もいます。どうも多額納税者だけが選挙人と被選挙人だから、彼らは一般県民と異なり特権階級だと思っているのです。やはり全県民から議員は選ばれるべきです」

山口は真剣だった。

「そうか。県当局に議会軽視を注意する前に、議員自らが自覚しなければならないのだな。私から議員各位によく話してみよう」

広中は議長就任の挨拶をした後で、まず議員一人一人が県民から選ばれた議員であるという自覚を持ち、議員としての責任を果たすように訴えた。さらに県当局が提出した議案を議員はよく理解するまで勉強し、分からなければ質問し、真剣になって慎重に審議し、県民の代表としての責任を果たすように改めて話したのだった。

その後、広中は選挙のあり方にも問題があると思った。山口が言ったように議員や選挙人が多額納税者だけになっていることだった。

「現在の福島県の人口と、県議会議員の選挙権のある人数と、被選挙人数を調べてくれ」

広中が職員に指示すると、若い職員は棚から書類を取り出しすぐ返答した。

「県の総人口は八十三万人で、選挙人は六万七千人、被選挙人は三万二千人です」

「それでは選挙人になれる資格のある者は、人口の一割にもならんのだな、せめて二十歳以上のすべての男子だけにでも選挙権は与えるべきだな」

「そうです。税額の多い者にだけ選挙権を与え、貧乏人には与えないとは不平等です。私は財産もありませんし、給料も安いので選挙権はありません」

若い職員が真剣な表情で言った。

「税金を納めなくとも国民はすべて平等だから、政治に参加する自由もあるし、議員になる権利があるのだよ」

広中は政府が決めた「府県会規則」の地租税による差別を撤廃すべきだと思った。

「二十歳以上のすべての成人男子に、選挙権を与えるというのはどうだろうか」

初県議会が終わった時、広中は同志を集め提案した。

「西欧で実施しているという普通選挙ですか」

吉田光一はすでに承知していた。

「現在の選挙法では、選挙人も被選挙人も多額納税者に限られている。これでは真に県民の声を反映する代表とは言えない。県民の誰もが議員になれて、誰もが選挙をする権利があるはずだ」

　明治十一年に広中が民会規則をつくった時、彼は普通選挙を規則に入れたかった。だが、当時の三民会規則修正委員たちが反対したので入れなかった。当時としては初めてのことであり、仕方がなかった。その後に国から「府県会規則」が通達されたので、現在はその規則に従って選挙を実施している。だが今回は、広中も自由民権家たちと交流を深め、普通選挙の重要性を痛感していた。

「現在の規則だと議員は地租税が十円以上、選挙人は五円以上納税する者となっている。これでは金持ちだけが政治に参加し、貧乏人は政治に関われないではないか」

「国政にはすべての国民が、県政にはすべての県民が参加する自由と権利があるはずだから、私も河野さんの提案には賛成です」

　会津の地主で豪農の宇田成一も賛成した。

「人間は生まれながらにして平等なのだ。誰もが政治に参加する権利があり、政治に発言する自由があるはずだ。私も賛成です」

　三春の豪商である松本も影山も同意した。

「それでは府県会議員選挙法について福島県議会で可決し、国に提出することにしよう」

　やがて開かれた通常県議会へ広中たちは「府県会議員選挙法更正の建議」を提案した。

「まだ、時期尚早ではないか」

「政治のことを知らない者や、読み書きもできない者に選挙権を与えることは、議会を混乱させるだけだろう」

異議を唱える議員も多かった。

「いや、そうではない。選挙に参加しなければ政治に対する関心も生まれず、国民はいつまで経っても政治に関心を持たない。権力者はそれをよいことに政治を私物化し、独裁政治となるのだ。それでは国家は発展しない。国民すべてが国政に参加し、政党を組織して議論を闘わしてこそ、政治はよくなるのです」

「地租税を多く納める者だけが選挙をして議員となったのでは、どうしても金持ち優先の政治となり、貧民対策は疎かとなり国は豊かにならない。国民すべてに選挙権を与え、国民すべてが豊かになり、幸せになるのが政治の目的だ」

自由民権運動をしている議員が次々と賛成意見を述べたので、どちらとも言わなかった議員も賛成に回り、この「建議」は賛成多数で可決された。

「日本で初めての『普通選挙法』の建議に政府も驚くだろう」

明治十四年七月、福島県議会は議長河野広中名で「府県会議員選挙法更正の建議」を松方正義内務卿に提出した。だがこの「建議書」は内務卿で取り上げられなかった。広中たちは「全国がダメなら、わが福島県だけでも認めよ」と政府に再度要求したが、それも認められなかった。まだ国会も開設してないので、時期的に早かったのかもしれない。それでも広中たちは「普通選挙法」を政府に要求しただけでも、政治の民主化運動として意義のあることだと思った。

その後、この「普通選挙」の実施を、広中は亡くなるまでその時々の政府に要求して闘った。だが「普通選挙法」が国会を通過し成立したのは、広中が亡くなった二年後の大正十四年であり、普通選挙を実施したのは昭和三年である。また女性に選挙権が与えられたのは敗戦後の昭和二十二年のことであった。

「やはり政治は地方よりも中央で活動し、政府を動かさなければダメだ」

地方の福島から出した「建議書」をあっさりと却下した政府の態度に、広中は自由党を早く結成し、中央から政治活動をやらなければならないと強く思った。

この年、中央では征韓論以来最大の政変があった。実力者の大久保利通卿が亡くなってから、政府の中で頭角を現したのが肥前藩出身の大隈重信参議であった。だが、彼はあっけなく失脚した。それは広中たちが愛国社大会の決議によって、憲法制定と国会開設を太政官に請願したことで、全国的に国会開設の要求運動が高まり、政府首脳もその件について無視はできなくなったためである。

　肥前派の大隈は「明治十五年末までに憲法を制定して国会議員を選挙し、十六年には国会を開くべし」と言い出した。これに対して伊藤博文らの長州派と黒田清隆らの薩摩派は「時期尚早」と反対した。薩長の藩閥と他藩出身の参議による閣内の亀裂が表面化したのだ。それは、俄かに勢力を伸ばしてきた肥前の大隈に対する薩長の反撃でもあった。

　そんな時に「北海道開拓使官有物払下事件」が発生した。つまり北海道開拓使長官であった黒田清隆は、政府が約千四百七十万円を投資した官有物を、わずか三十八万円でしかも無利息の三十年賦で、同郷の薩摩出身である政商五代友厚に払下げようとしたのだ。これを知った新聞各紙は、一斉にこの不当な払下げを報道し抗議した。これに対し黒田らは強引に閣議を押し切り、三大臣と天皇の裁可を得ようとした。だが、筆頭参議の大隈は黒田らの横暴を見逃すことはできないと反対に回り、官有物の払下げを中止させた。

　そこで黒田ら薩摩派は治まらず政府内部は混乱した。この時、長州派の伊藤博文はこの払下げを新聞各社に流し、反対運動を煽ったのは大隈参議だと決めつけた。その上で政府部内の機密を漏らし、政府内を混乱させたとして、岩倉右大臣や三条太政大臣を動かし、遂に大隈参議を罷免し政府から追放したのである。その半面、喧嘩両成敗で片手落ちとならないように、黒田参議を内閣顧問という閑職に棚上げしたのであった。

いわゆる伊藤博文が政府の実権を握った「明治十四年の政変」である。野に下った大隈は、その後「改進党」を立ち上げ、板垣たちの自由党とは異なったが、反政府運動を展開した。

この時期どうしたことか、政府内部や福島県庁内において幹部の対立抗争があったように、自由民権運動の幹部にもいつの間にか亀裂が生じていた。それは高知県内での混乱が、自由党を結党する中央での対立へと持ち込まれてきたからだ。

東京からの情報に驚いた広中は田母野を先に東京へ送り、自分も二日後に急ぎ東京へ出ていった。それは自由党創立の中心人物である板垣退助が新潟方面を遊説中の留守に、東京で自由党の結党大会を開くとのことだったからだ。

広中が東京の会場である浅草の井生村楼に着いた時には、議長に後藤象二郎、副議長には馬場辰猪が就いて、大会がすでに始まり規約や盟約も決定し、役員選挙が行われるところであった。だが高知の沼間守一ら櫻鳴社は参加せず、九州勢は出席したが高知派との軋轢があって退場した後であった。

「これは一体どうしたことなのだ」

広中は激しい怒りを感じ、知人の間を走り回って詰問した。だが誰もがはっきりした返事をしない。広中は会議が再開されると、顔を硬直させて議場に入り発言を求めた。

「板垣さんが自由党創立のために、北陸から東北を遊説しようと現在新潟県を訪れている

この時に、なんで自由党の結党大会をやらなければならないのか質問します」

「それは十月十二日に国会開設の大詔が発せられましたので、急ぎ政党の必要性を感じ、

自由党の結党大会となった次第であります」

自由党創立準備委員の大石正巳が答弁した。それは明治十四年の政変後に政府が明治二

十三年までに、憲法を制定し国会を開設すると「勅諭」を発布したことである。

「そんな理由では納得できない。しかも九州勢は退出しているではないですか」

「九州勢は勝手に退場したのです」

「自由民権のために粉骨砕身闘っている板垣さんと、板垣さんに随行して地方遊説をして

いる同志や、九州勢が不参加の中での大会は断固容認できません。このような形で結党し

た政党が、国民的政党などとは言えないし、最初から民主主義の原則に反して自由党を結

成しては、他日に必ず後悔するのではないのですか」

広中は抗議し質問を続けたが、大石はじめ各委員の答弁は不誠実なものであった。

「こんな会議は認められない」

広中らは会議途中で退出した。

「今度の大会で自由党の総理に、後藤さんが選ばれるらしいですよ」

その夜、宿に帰ると田母野が言った。

「板垣さんでなくて後藤さんが？」

「高知の方々が話しているのを聞いたのです」

「板垣さんと板垣さんを支持している有志が、遊説で留守の時に結党大会を開き、自由党の主導権を握ろうとしているのだな。後藤派が板垣派を追放するのだ。まるで下剋上だ。西欧ではクーデターと言うそうだが、これでは大隈重信を追放した伊藤博文のやり方と同じだ。許せない」

広中は薄暗い天井を睨んで言った。

「それから、河野さんを顧問にするとか」

「顧問に？」

「はい。顧問だそうです」

「顧問とは『火の見番、生きた爺の捨てどころ』と言って、隠居役で仕事を与えないことだ。役職からの棚上げだ」

まだ三十一歳の広中を顧問とはバカにした話である。翌日、広中は会場に行くと準備委員を訪ね、早速質問した。

「役員規則の中に顧問を置くとあるが、顧問とはどのような職責か伺いたい」

「総理の相談役でその地位は重いが、特別の任務はありません」

委員の大石が答えた。

「しからば、その役には普通どのような方がなられるのかお聞きしたい」

「強いて名をあげると、徳川慶喜公や島津久光公などであります」

徳川将軍や薩摩の大名の名を出すとは、平民の広中をバカにしている話ではないのか。あまりの非常識に、広中はこの時これ以上の質問はしなかった。もとより受ける気はない。

さらにこのような大会で自由党を結党し、板垣さんを差し置いて後藤さんが総理になることには、絶対に同意できなかった。広中は会議に出席すると怒りを露わにして発言した。

「今や専制政治に対抗して自由党を結成しようとする大事な時に、卑しくも志を天下に有する者は、私心を挟むものではありません。公明正大の精神をもって、互いに協力して事に当たらねばならないのです。自由党にとって一番重要な板垣さんが欠席され、九州勢も退出された状態を正常な大会と言えるのでしょうか。これが自由党の目指す民主主義なのですか。私は今、大会を一旦中止して、後日に自由党の結党大会を開くことを提案いたします」

広中は、会場いっぱいに響き渡るような声を出して演説した。

会場は一瞬静かになった。暫くして高知の植木枝盛が立ち上がった。

「河野さんの意見にまったく同感です。今回の会議は白紙撤回して、自由党の第一歩を民主的に正しく歩むべきです」

植木の賛成発言に盛大な拍手が湧き上がった。大会は大石たち一部の者が強引に推し進めたもので、大部分の者は賛同できずにいたのかもしれない。

「それでは今日の会議は中止して白紙撤回し、後日に結党大会を再開いたします」

議長の後藤は、これ以上非難される発言は聞きたくなかったのか、また自分が議長で議事を強行し、総理になったのではまずいと考え直したのか、あっさり会議を閉幕した。

「後藤さんらは今までの提案を簡単に白紙撤回し、会議を閉幕したが大丈夫かな」

宿に帰っても広中は心配だった。

「後藤さんは、やっぱり土佐藩の家老ですよ。殿さまと同じでいつも威張って命令はするが、部下や仲間から文句を言われるのには慣れていないのです。つまり反対派から非難され、攻撃されることには耐えられないのですよ」

田母野は笑って言った。

「そうかもしれないな。だが、自由党の結党という大切な時に、二派に分裂しているのはいけないいな」

「そうですね。高知派の分裂をまとめるのは、河野さんより他にいませんよ」

「やはり高知以外の者がまとめるより仕方あるまいな」

広中は、自分がやらなければならないと思った。

その後、板垣たちが帰京してから改めて自由党結党大会が再開されることになったが、広中は板垣派とか後藤派と言われる者を連日訪ね、党の一本化と団結を呼びかけ、役員選挙には一方に偏らず、公平に選出されるように訴えた。

「河野君の気持ちは理解した。協力するよ」

両派とも広中の話を素直に聞いてくれた。二派の亀裂はそんなに深くはなかったのである。やはり土佐藩時代に家老職だった後藤に、いまだに身分関係で敬意を払う者もいたのだ。旧土佐藩士の多い高知の者たちとしては当然かもしれない。広中もその辺は理解して話をした。

やがて、板垣らが帰ってから開かれた自由党の結党大会は、新たに党の規則、盟約などを決議し役員選出を行った。そして自由党の初代総理に板垣退助、副総理に中島信行、常議員に後藤象二郎他四名、幹事に大石正巳他三名と公平な役員選出となった。

広中は顧問と言われたが「その任にあらず」と断った。前将軍や島津公と同じ職など考えられないからである。それでも初めての政治政党として「自由党」が発足し、自分の努力で板垣も後藤も入った役員が構成され安心した。

「さすがは河野さんだな。自由党の結党大会は大成功ですよ」

田母野も広中の仲裁には感心していた。

「福島に自由党福島部を結成しよう」

東京からの帰り、広中は家族のいる石川に立ち寄ったので、近くの吉田光一宅に回って自由党大会の経過を話してから、新たな提案を持ちかけた。

「それは素晴らしい」

「それで県庁のある福島町に事務所を設けようと思うが、どうです」

「福島は県の外れではあるが、県庁所在地だからいいでしょう」

吉田の同意を取りつけ、今度は三春に寄って同志に自由党福島部の相談をした。先に帰った田母野から話があったので、誰もが賛同してくれた。そして福島町に事務所を設けるなら、岡野知荘を訪ねてみたらと佐久間昌言が教えてくれた。岡野は三春藩士の子でこの時まだ二十一歳と若かったが、福島町に住んでいたのだ。

広中は田母野を連れて福島町に来ると、岡野を訪ねた。

「みんなが集まる事務所がなければならないからな」

岡野は自分が借りていた長屋の家主に相談し、一戸建ての空き家を借り受けてくれた。

広中と田母野は早速その借家を「自由党福島部」の事務所とした。

「この事務所は福島県内の自由民権運動の拠点となる所だ。私は前より自由党福島部の事務所を『無名館』と名づけるかと考えていたのだか、田母野君はどう思う」

「名の無い館、いいと思います」

広中は三春や石川の同志にも手紙で問いただし、事務所を「無名館」と名づけ、広中が欅の板に揮毫した。

「よし、『無名館』の看板は掲げたし、今度は党員集めだ」

広中は三春や石川の同志の他に、二本松の平島松尾、相馬の岡田健長、双葉の刈宿仲衛、岩瀬の関不敏、さらに会津は安瀬敬蔵や山口千代作などにも手紙を出して、一人でも多くの仲間が自由党福島部に参加するように呼びかけた。だがこの呼びかけの段階で会津方部の者たちが、自由党福島部に加盟することに難色を示した。

「会津は、どこから福島に行くのにも峠を越えなければならず、地形的にも福島と一緒ではないので、現在福島県から分離した会津県の独立運動の声もあるほどです。それで自由党の支部は福島と別にします」

安瀬と山口は連名で申し訳の手紙を寄こした。だが真実は会津が福島の下部組織にされるのが嫌だったのかもしれない。広中は自由党福島部の結成に当たり、自由党本部や政府、県庁のような内部の騒ぎはしたくなかった。彼は会津の不参加を容認した。

年の瀬も押し迫った十二月になって、無名館の二階で「自由党福島部」の結党大会を開いた。出席者は二十名ほどであったが、他に自由党福島部に入会すると手紙を寄こした者が二十名ほどあった。そして福島部総理には河野広中、無名館長には平島松尾が選出された。

そして間もなく「自由党会津部」も結成された。広中はそれぞれが対立するのではなく、お互いに連絡を取り協力して運動を進めることを申し合わせた。

その後自由党福島部には無名館長の平島松尾と岡野が常駐した。そんなことで県内ばかりではなく宮城県の者も集まり、無名館は自由民権運動の拠点となった。

「自由党の宣伝活動のために新聞を発行するか」

「それはいい考えだ」

広中の提案に誰もが賛成した。

「よし、記事はおれが書く」

田母野は和紙を仕入れてくると筆で記事を書き、無名館の外壁に貼り出した。やがて広中も書き、平島も書いて貼った。印刷機がないので最初は壁新聞であった。

そのうちに千葉の花香恭二郎という者が仲間に入り、彼はこんにゃく版印刷方法を行ったが、こんにゃく版ではやはり本物の新聞にはならない。そこで福島町には頼める印刷所がなかったので、宮城県の仲間が印刷屋を紹介してくれ、仙台で新聞を印刷した。

「そうだ、新聞に名前をつけよう」

話し合った結果「福島自由新聞」と名づけた。

「こりゃすごい。これで同じ新聞記事を沢山印刷して各地に配布することができるな」

広中も刷り上がった「福島自由新聞」を手に取って喜んだ。

福島県内で初めて発行された「福島自由新聞」は早速に福島から三春、石川と配達され、会津やいわきまでも郵便で送られ大評判になった。その後、高知の植木枝盛などがやってきて、地元の者と一緒に記事を書きまくり、県内ばかりでなく宮城や山形から関東、高知の方にまで配布したのであった。

そんな時、福島自由新聞を読んだと言って、山形の森藤右衛門が無名館を訪ねてきた。

「東京へ行っての帰りだよ。福島では新聞を発行してたいしたものだ。山形でも新聞を発行して自由民権の教宣活動をやろうかと思ってね」

「それは素晴らしい。是非頑張って下さい」

森は新聞記事の書き方から印刷方法、さらには販売方法から経費の面まで、岡野たちに詳しく聞いていた。

「ところで、福島の県令はこうした新聞発行を干渉し、妨害はしませんか？」

「干渉や妨害ですか？」

「そうです。うちの三島通庸県令は我々の自由民権運動を敵視し、警察を使って活動を妨害してくるので困ります。おそらく新聞を発行すれば干渉してくると思います」

森は深刻な顔をして言った。

「そうですか。酒田県の時に『ワッパ事件』と言われた、森さんの運動を弾圧したあの有名な三島県令ですね。福島の山吉県令は我々の行動に干渉しませんから、今のところは平穏です」

「それはいいですね。三島は酒田での事件で、私が激しく抵抗しましたから、合併して山形県になっても私を敵視しているのです。どこかの県に早く追い払わないと、我々の政治活動も困ります」

「山形から追い払うのは結構ですが、福島県には回さないで下さいよ」

広中は笑って言った。

「福島の山吉県令は県民にも親しまれているし、安積疏水という大事業中ですから工事が終了するまでは福島から動かないでしょう」

森も笑って言った。

だが、次の年の明治十五年一月になって、安積疏水の事業がまだ終わらないのに、突然、山吉県令が名古屋控訴院判事に転勤させられた。そして二月十七日に福島の新県令に山形から三島通庸が赴任してきた。なぜこの時期にと誰もが疑問であった。政府は何を考えているのか、先には中条政恒を太政官へ、今回は山吉県令を出して、なぜ三島県令へと福島県令の入れ替えをしたのだろうか。広中たちは何か不吉な予感がしてならなかった。

第九章　三島県令との対決

「あっ、お父さんが帰ってきた」

　広中が玄関の板戸を押し開けると奥から女の子が走ってきた。続いて男の子も走ってきた。長女のタカは小学校に上がったし、息子の広一は姉の後を追って室内を走り回るようになっていた。

「おお、元気で何よりだな。お父さんの留守中お母さんの言うことをよく聞いていたか」

　広中は二人のこどもを抱き寄せると頭をなでてやった。

「あら、あなた帰ってきたの。お帰りなさい」

　妻のタミも驚きながら奥から出てきて夫を出迎えた。いつものことだが帰宅するのに何の連絡もない。広中はひょっこりと自宅に帰ってくるのだった。

　広中は草鞋を脱ぐと、下駄を持って外にある井戸端へ行って泥のついた足を洗った。そして顔や首回りも洗ってから、四月になったのに井戸水がそれほど冷たくなかったので、上半身裸になって東京から幾日も歩いてきた汗を流した。広中の家には風呂がなかったからである。いつも鈴木荘右衛門宅に行ってもらい風呂をしていたのだ。広中が家に戻ると子供たちは、広中の下げてきた鞄や荷物を開けようとしている。

「おみやげか。そら東京のせんべいだ」

「いつもせんべいなのですね」

タミが笑って言った。

「東京から石川まで幾日もかかるのだぞ。生ものでは悪くなるだろう。これが一番なのだ」

「安いしね」

タミは笑いながらお茶を入れてくれた。

「東京のみやげだぞ。石川のせんべいよりはうまいだろう」

「それにしても、旧正月をしてから東京に行ったからまだ帰らないのかと思ったら、早く帰ってきたのね」

「山吉盛典福島県令が名古屋控訴院に転出し、新しく山形から三島通庸という県令が赴任してきたから、臨時の県議会が始まるのだ」

広中は簡単に帰郷の理由を説明した。

「あなたも忙しいのね。県議会議長から東京の自由党と福島の自由党。そして石川の石陽社と三春の三師社。その他に三春の戸長もやっているじゃないの」

「三春の戸長は辞めたよ」

「ほんとに忙しい身体なのね。金にもならない仕事で」

タミは最後の方を低い声で言った。広中はいつもの妻の嫌味なので笑って返事をしなかった。区長や福島県の官吏、三春の戸長を辞めてから決まった給金はない。県議会議長や自由党の手当は政治活動費にも足りなかった。東京から石川へ行ったり来たり、さらには石川から三春、福島などの旅費や各地での宿泊費、食事費など経費が大変だったのである。

「夕飯の準備をするから、子供たちと遊んでいてね」

「うん、あっそうだ、久しぶりに帰郷したのだから荘右衛門さんに挨拶してくるよ」

「ほんとにもう。家に帰ってくる早々忙しいんだから」

タミは頬をふくらまして台所へ入った。広中は子供たちを残し、下駄履きですぐ近くの鈴木荘右衛門宅へ出かけていった。


鈴木家は石川郷の大地主である。藩政時代は大庄屋であった。町の中ほどにある豪華な門を入ると、壮大な屋敷に建物や植木が見事だった。玄関に出た使用人に訪問の挨拶をすると、客間に通された。

「東京から、いつ帰ってきたのだい？」

在宅していた荘右衛門が笑顔で客間に現れた。広中より七歳年長である。

「今夕方帰ったばかりです」

「急用でもあって帰ってきたのかい？」

「県令が交代したので臨時県議会が開かれるのです」

「あんたも県議会議長さまだから大変だな。東京での活動も忙しいのだろう」

「自由党はまだ結党したばかりですので、党勢拡大の活動でいろいろ大変です」

「そうだろうな」

「それで福島の県庁の方はどうなのか聞いていますか」

広中は福島の政治情勢を知りたかった。

「噂によると山吉県令は自由党を甘やかしているから左遷され、新しい県令は自由党を取り締まるために、山形から転任してきたとの噂だ」

荘右衛門は県庁内のことを知っていた。県議会議員をしている吉田光一からでも聞いたのだろうと広中は思った。

「やはりそうですか」

広中も自由党本部で同じようなことを考えていた。三島新県令のことは、山形の森藤右衛門から噂を聞いていたからだ。

「なんでも『福島から火つけ強盗と自由党を一掃する』と言っているそうだ。あんたも気をつけなければならんな」

「大丈夫です。一地方の長官に驚かされてはいません」

広中は愛国社の代表として、片岡健吉と共に太政官へ乗り込んだ男である。今や自由党の幹部として、薩長藩閥政府と対等に闘っているという自負があった。

「そうですな。あなたは日本を代表する自由民権運動の活動家だ。一地方の長官に取り締まられる男ではない」

広中が荘右衛門と県庁内のことや、自由党本部の話をしていると、荘右衛門の奥さんが酒と肴を持ってきた。

「東京から帰って夕飯はまだなのでしょうから、うちのひとと一杯やって下さい」

「あっ、これは申し訳ありません。家で夕飯は準備していますから結構です」

「なにを言っているのです。準備したのだから呑んで食べて下さい」

「そうだ。そのうちに重謙も帰るから、ゆっくりしていくといいよ」

重謙とは荘右衛門の娘婿であった。広中より一回り若くまだ二十歳を越したばかりだが、将来は鈴木家を相続するしっかりした若者である。

その夜、広中は酒をご馳走になり、やがて帰ってきた重謙とも話が盛り上がり、夜半になって帰宅した。タミは目くじらを立てて怒った。

「せっかく夕飯を準備して待っていたのに、あなたという人はいつもこうなんだから。子供たちだって待っていたのよ」

「まぁそう怒るな。県議会は四月中旬と言っていたから、今度は石川でゆっくりしてから福島へ行こうと思う。子供たちとも遊んで家族孝行するよ」

広中は笑って釈明した。

だが、広中は石川でのんびりとしてはいられなかった。明治十五年（一八八二）四月七日、自由党総理の板垣退助が岐阜県を遊説中に暴漢に襲われ、負傷するという事件が起きたからだ。広中が石川に帰宅した二日後である。東京からの電報で広中は直ちに石川から上京すると、後藤や中島副総理などは岐阜へ行き、自由党本部は幹部が留守であった。

「板垣先生は三月に入ってから、自由党の竹内綱さんなどを従えて東海道を遊説し、静岡、名古屋を経て岐阜に入り、金華山麓の神道教院という所で演説会が終わり、会場から出ようとした時に群衆の中から一人の暴漢が躍り出て、板垣先生を刺したとのことです。幸いにして命は取り留めましたが、現在名古屋の病院に入院しております」

若い事務員が事件の経過を説明した。

「そうですか。私も名古屋の病院に行ってみよう」

広中は直ちに見舞いに行こうと思った。

「河野さんに行かれたら、私たち事務員だけになるので困ります。そのうちに幹部の誰かが来ますから、その時まで待って下さい」

事務員に言われ、広中は彼らだけを残していくわけにはいかないと思った。板垣のことも気になったが、動けぬまま仕方なく東京の党本部に残った。板垣は幸いに命は助かったが、この事件は全国の自由党員や反政府活動家を刺激して騒然となった。

また政府も驚き、西南戦争以来沈静化していた武力による反政府の暴発を恐れ、板垣の入院する病院へ政府からは見舞いの使者が遣わされた。さらに天皇も侍従を勅使として見舞いに向かわせるというような話もあり、自由党本部で広中はその対応に大変だった。

そんな時、福島県議会事務局より「臨時県議会を開催しますので、議長さんは直ちに帰って下さい」との内容で手紙がきた。勿論広中も議長として福島県議会のことは考えていた。特に県令が代わったことで新県令のことが気になっていたのだった。

広中は迷った。誰か党幹部が自由党本部へ帰ってきたら、板垣が入院している名古屋の病院へ行く予定であったからだ。広中にとって板垣は同志であると同時に、尊敬する恩師である。暴漢に刺されたという一大危急の惨事に、誰よりも早く駆けつけなければならない身なのに、見舞いにも行かず福島へ帰れるだろうか。すると福島の自由党県議会議員の仲間から「三島新県令ニ問題有、議長ノ帰県ヲ請」との電報である。山形県令だった三島については山形の森から情報は聞いていた。政府が福島の自由党を弾圧するために任命した県令だとの噂もあった。広中は苦悩の末に福島へ電報を打ち、無名館の岡野知荘を自由党福島部の代表として板垣の見舞いに派遣し、広中は断腸の思いで福島へ帰ってきたのだった。


窓から眺められる信夫山の桜が咲き始めていた。

「板垣さんが岐阜で暴漢に襲われたって、河野さんも大変でしたね」

無名館の留守をしていた平島松尾たちが広中を出迎えて言った。

「東京の桜は終わったが花見をする間もなかったよ」

広中は無名館の背後にそびえる信夫山を眺めて言った。彼は昨年の暮れにこの無名館で「自由党福島部」を結成し、落ち着く間もなく東京京橋区の自由党本部に呼ばれ、新たに発足した「自由党」の全国的な組織づくりに没頭していたのである。だが福島県議会議長でもあるので、間もなく開かれる臨時県議会に出席するため、四月上旬に入って石川に帰宅して、すぐまた板垣の遭難で東京へ引き返し、さらにまた福島へ帰ってきたのだった。

「私らも三島新県令の不審な行動でまだ花見も考えていませんよ」

吉田光一は近くの飯屋より取り寄せた飯とお茶を広中に出して言った。

「そんで三島新県令はどんな男なんだい」

広中は飯を食べながら訊ねた。

「三島という県令はとんでもない男だ」

平尾と吉田が三島新県令についていろいろ話してくれた。

「県職員の幹部を山形から連れてきたり、薩摩や東京から呼び寄せたり、または各郡の郡長から警察署長までも入れ替えております。その数八、九十人にも及ぶとのことです」

「すべて三島の配下の者です。それだけ前任者が辞めさせられています」

「三春の松本茂戸長をはじめ各地の町村戸長を県庁に呼んで、自由民権などと騒いではならんと、叱責したとのことです」

「異議を唱えた者は辞めさせられました。松本さんも辞めました」

「会津には大規模な道路をつくるらしく、海老名、中山という山形より連れてきた子分の県幹部を派遣し、調査をしているようです」

「自由党に対抗させるために、旧会津藩の士族に授産金を与えて、会津の日新館を根拠として『帝政党』を組織させたとのことです」

「自由党会津部は山口さんや安瀬さんなど肝煎の農民が主体です。旧会津藩士が武力で対抗するのでは大変です。彼らは会津戦争を戦った武士です。我々も油断はできません」

「会津藩は戊辰戦争で罪もなく薩摩から攻撃され落城したのに、その薩摩出身の県令に媚を売るとは、会津武士も情けない話だ」

三島県令についての評判はよくなかった。

「やっぱり噂のような男だったのか。三島は山形で森藤右衛門さんたちが、租税の苛税分を返還せよと要求し闘った『ワッパ事件』を弾圧して成功したから、この福島でも我々自由党を壊滅しようとしているのだろうが、そうはさせないぞ」

広中は吉田や平尾たちの話を聞き、強い口調で言った。彼は東京で自由党本部や板垣のことも大事だと思っていたが、福島の方も放っておけなかった。彼は自由党福島部の総理であり、福島県議会議長なのだ。

「明日からは県議会だ。当分の間は福島で頑張るよ」

「河野さんが来たからもう心配ない。花見の準備でもやるか」

広中の言葉に勇気づけられたのか、吉田が言ったので皆がどっと笑った。

次の日、広中は県庁に行って県令に面会を求めた。今まで東京にいて、まだ三島新県令には会っていない。当然挨拶をしなければと思ったのだ。だが県令は公務多忙で会えないと事務員が面会を断ってきた。こちらが礼を尽くして挨拶に行ったのに会わないのなら、無理に会う必要もないので広中は県議会議長室に戻った。すると県大書記官の小野準一郎が議長室にやってきた。

「河野さん、これは私とあなただけの話ですが、今度の県令は前の山吉県令とは異なります。私は県議会、いや県庁内や県内に混乱が起こるのを心配しております。官民の調和を図り、円満に議会も県内も治めたいと思います。そこで県と議会を取り持つ人物を県の官吏に採用したいと考えているのですが、誰か適任者はおりませんか」

「新県令の噂は聞きましたが、大書記官のあなたも新県令をそんな風に見ているのですか」

広中は真面目そうな小野の顔を眺め同情した。

「あの県令の下で私はとても大変です。県の幹部に協力者がほしいのです。お願いします」

「分かりました。考えてみましょう」

小野の提案に広中は同調した。小野の心配は県の幹部官吏として当然だからである。また県の官吏に自分と気の合った者を送り込んでおけば、何かと情報を得るのに好都合だと考えたからだ。その後、広中はそれとなく三春の田母野秀顕を推薦し、手紙で田母野に打診してみた。ところが田母野は三島県令のことを聞いているから「嫌だ」と言った。また三島県令も小野の話を受け入れなかったので、この話は成功しなかった。

小野は大書記官として三島県令の下では職務が果たせぬと思ったのか、間もなく県職を辞職してしまった。広中は前に中条大書記官が太政官に転出して県庁を去り、また有能な小野大書記官が退職し、県庁はどうなるのかと心配した。と同時に三島という男が只者ではないと改めて感じたのだった。


広中が板垣の災難見舞いにも行かず、断腸の思いで帰県し臨時県議会に臨んだのに、三島新県令は議会に一度も顔を出さなかった。議会で着任の挨拶もしなければ、提出議案の説明は職員に任せ、自分は何もやらなかった。今度の臨時県議会は新県令の着任挨拶と、福島県政への抱負を語るのが目的だったのである。

臨時県議会は四月二十日に終わり、通常県議会が二十四日に開会された。だが通常県議会においても三島県令は顔を出さなかった。

「新県令の挨拶が目的の臨時県議会に一度も出席せず、通常県議会にも出席しないとは議会の軽視も甚だしい。県令が出席するまで議事を中止すべきではないのか」

山口千代作副議長は本会議で息巻いて叫んだ。また標葉の愛沢寧堅議員なども「県令が議会を無視するのは八十万県民を愚弄するものだ」などと発言した。

広中は議長として幾度も事務方を通じて県令の出席を要求したが、三島は「公務多忙」との理由で県議会には出席しなかった。確かに彼は、この頃会津の三方道路建設に夢中だった。彼は山形で道路工事や学校建設を次々と行って成績を上げ、国家の近代化を成し遂げようとする政府から、優秀な地方長官として評価されていた。彼は福島でも自分の実績を残し政府から評価されたいと、山吉前県令から引き継いだ安積疏水工事の完成と、会津の道路工事に熱心だったのである。

また三島は欧米の民主主義や議会政治には無関心だった。だから県議会などそれほど重要だと思わなかったのだろう。彼は中央政府から任命された地方長官であり、県民から選出された県の首長ではない。中央の政府に対して忠実であり、評価される仕事をすればそれでよかったのだ。

三島は明治維新の権力者であった同郷の大久保内務卿から見込まれ出世した男である。大久保亡き後は同じ薩摩の黒田清隆や松方正義などの政府要人に取り入っていた。彼の眼には戊辰戦争で敗れ、一山三文の地方県議会などどうでもよかったのである。

三島県令はその後も議会を欠席し、提出議案の説明や答弁は五等属の職員にさせた。だが彼らでは満足な説明もできず、質問されても満足な答弁もできなかった。議員は県令の口から直接、事業計画や予算の説明を詳しく聞きたかった。これでは議案の審議などできるものではない。県議会は議案の審議に入られず、日数だけが経過した。

「このままでは議事が進行しないので、議員の代表を県庁に遣わして県令に直接会って、県議会への出席を促してはどうか」

広中は議会に提案した。

「それはいい考えだ。県議会が選出した議員の代表が正式に県令の出席を要請すれば、県令もこれを無視はできまい」

賛成意見が多数で副議長の山口千代作他二名の議員が委員に選ばれた。代表議員は早速県庁に行って県令に面会した。その結果「今日は用事があるので明日から出席する」と県令から直接の返事であった。ところが翌日の県議会にも県令は出席せず、山口県議らが県令室に行くと「三島県令は今朝早く若松へ行かれました」とのことであった。

「議会侮辱も甚だしい。断じて許せない」

自由党議員の怒りは頂点に達し、県令非難の演説が続いた。議員たちは徐々に興奮し、演説の内容も非難から三島個人の中傷攻撃にまで及んだ。

「前山吉県令は、事情があって県議会に出席できない場合は、大書記官か一等属の官吏を出席させ県令代理としたのに、新県令は五、六等以下の官吏をもって代理としている。もし出席できない時は、大書記官が出て代理をすべきでないか」

今まで発言しなかった立憲改進党の丹精六議員が、県令批判の発言をした。立憲改進党は明治十四年の政変で失脚した大隈重信が結成した政党である。

「県令が会津に行ったのでは、帰ってきて議会に出るまで議会を休会とすべきだ」

「県令は公務多忙と言いながら、毎晩酒楼で荒淫していると言うではないか。こんな県令にわが福島県を任せられるか」

「県令の行為は議会無視も甚だしい。このような県令の提出した議案は審議する必要もなく、ことごとく県令へ返付すべきである」

伊達の平山市兵衛議員などが強硬な意見を述べた。すると今まで三島県令を擁護する意見は出なかったのに、会津から出ている帝政党の辰野宗治議員が立って発言した。

「県令が提出した議案を審議しないとか、返付すべきとの発言だが、これは県議会議員としてわが権利を放棄するものである。あくまでも審議をしてそのことの是非を決めるべきだ」

さすが会津藩士だ。理屈は通っていた。

「そうだ。自由党の諸君は三島県令殿の欠席だけを取り上げ批判しているが、県令殿は福島県の今後の発展のために、安積疏水の完成と会津に新しい道路を建設することに忙しいのだ。その辺を理解してやるべきである」

辰野議員の発言で、自由党議員の発言に反発する意見も出てきた。同じ帝政党の佐藤泰次である。議会は三島県令非難の意見ばかりではなくなった。彼ら帝政党は三島県令に忠実であった。彼らは少数だったが自由党議員に負けまいと、県令を支持し擁護する演説を行った。

「会津士族は何を考えているのだ。戊辰戦争では薩摩の兵士にさんざん痛めつけられたのに、薩摩の県令に媚を売っている。海老名季昌庶務課長も旧会津藩家老なのに、三島の子分となって太鼓持ちだ」

同じ会津でありながら農民の出である山口や中島友八は、帝政党議員を批判した。

広中は地方の県議会議長という立場ばかりではなく、自由党本部にあっては板垣や後藤たちと肩を並べる幹部で、国内を代表する政党人なのだ。ここで県議会を無視する、地方長官の行為を容認することはできない。さらには台頭してきた帝政党にも軽んじられてはならない。自分が毅然とした態度で見本を示すべきだと考えた。

「議会が結論を出さず、ただ議論だけしていても仕方がない。この際、県令の提出した議案をすべて承認せず、全議案を否決するというのはどうかな?」

五月に入って数日が過ぎた日の夜、広中は無名館に集まった同志に思い切ったことを相談した。自由党の議員や仲間が県議会の今後について検討していたのだった。

「提出されている各号全議案を、一括して否決ですか」

広中の提案に誰もが真剣になった。

「そうです。議会に意見はいろいろ出ているが、県令が議会に出席するまで議会を休会とか、審議中止などというのは、せっかく県議会を開催したのに、議会の放棄になる。議会制度を要求している我々がやるべきではない。また議会に提出された議案を県に返付するのは、議会に諮らず県令が勝手に執行して下さいと言うようなものだ。議員として審議職務を放棄したことになる。そこで提出された議案はしっかりと審議し、各号すべての議案を否決するということだ」

広中は具体的に説明した。誰も異議を唱えなかった。

「議案審議を放棄するのではなく、審議して議案をすべて否決する。賛成です」

「県令に強く反省を求めるためにも、提出議案のすべてを否決するのはやるべきです」

会津の宇田成一議員や浜通りの磐城慶隆議員なども賛成した。

「だが問題は、議案否決を提案して採決の結果、勝てるかどうかだ」

広中も心配だった。自由党に反発する帝政党の議員は僅かだが、その他の議員の中にも県令に忠実な議員もいる。さらに問題なのは政治的信念がなく、ただ名誉職として県議会に出ている議員だった。広中が県議会を興した時と議長になった時、あれほど「議員は県民から選ばれた代表であるから、県民のために政治的自覚を持って議会に臨むように」と指導し忠告したのに、まだまだ議事録も読まずただの賛成議員が多かった。彼らは県令の提出した議案に反対して、県令に睨まれるのを恐れてもいた。彼らの多くは権力者に媚を売り、わが身の出世や、選挙区内の利益を得たいと考えていたのである。

「議員は六十二名いるので半数となれば三十名以上の支持を取りつけなければならない。自由党員は二十四名だ。自由党員の他に我々に賛同する議員を集めなければならない」

「改進党や県令に批判的な議員にも協力を頼まなければならないな」

「よし、それでは議会で誰が提案する」

広中は全員に諮った。

「これは河野さんがやるべきだ。なぜなら大多数の議員は『どちら着かず』で様子を見ている者が多いからだ。中立的な議員をこちら側に引きつけられるのは、河野さんの演説以外にない」

吉田光一がきっぱりと言った。

「議長席では提案ができまい」

「議長を副議長の山口さんと交代すればいいのです」

「いや、私も発言したいので、議長の職は誰かに頼んで提案は河野さんがやるべきだ」

山口も広中が提案すべきと吉田に賛同した。

「よし、提案は私がやる。だが議長を誰に頼むかだ」

「吉田光一さんではどうですか」

会津の宇田が吉田を推薦した。

「いや頼まれればやってもよいが、これは自由党の活動家ではない方がよい。河野さんが提案して、取りまとめの仮議長がおれでは他の議員の反発を招く。中立的な方がよい」

「それもそうだな。それでは信夫の近野元右衛門さんにお願いしよう。彼は自由党員ではないし中立で人徳のある方だ」

「よし、おれも議長は近野さんで賛成だ」

山口が賛成し、他に異議はなかった。

「それでは明日は休会となるので、明日の朝からここにいる者全員が手分けをして、各議員の宿舎などを訪ね、一人でも多くの同意を求めるように運動しよう」

広中たち自由民権運動の活動家は、自分たちの運動が正しいと思って活動しているが、世間の者がすべて同じ考えではない。広中たちを急進的な過激集団と警戒している者も多い。それらの議員を説得するのは大変なことであった。

さらに広中は、県令提出議案を総否決する演説草稿を朝方まで考えた。

次の日、広中は近野元右衛門議員を訪ね、昨夜のことを説明してから仮議長の件をお願いした。近野は県令提案の議案を否決することには賛成であったが、仮議長のことは誰か別な方を立ててほしいと辞退した。自由党と帝政党が対立し、混乱した議場を議長として調停するのは大変だったからである。

「私には重荷ですよ。三島県令擁護派は必死に抵抗するでしょうし、まとめ役の議長はよほど慎重に議事を審議し進行させないといけませんからね」

「それだからこそ、近野さんにやってもらいたいのです。他の者ではできません」

広中は半日近くも粘って近野を説得した。

いよいよ当日となり、本会議が開かれると近野は一礼して議長席に着いた。

「正副議長が発言を求めており、私が議長より代理の仮議長を委嘱されましたので、これより議長の職を務めます。宜しくお願いいたします」

近野は仮議長就任の挨拶をすると、広中の発言を許可した。

「二十五番議員より発言を求められておりますので、これを許します」

広中は二十五番の自席を出て演壇に立った。するとまだ何も話さないのに自由党議員席から拍手が湧き上がった。

「政治は多数の人民の幸福のために行うものであって、一個人の出世や幸福のためにあるのではありません。三島県令は政治の目的を誤り、八十万県民の幸福よりも己一人の満足のために政治を行おうとしております。従って県民の代表である我々の県議会に一度も顔を出さず、就任の挨拶もされません。議員の代表が議会への出席を要望したところ『明日から出る』と言われたにも拘わらず、その言葉を偽り議会に無断で県庁を離れ、会津へ出張したことは、我々議員をなんと心得ているのか。議会軽視も甚だしく、このような県令の提出した議案は、毎号すべて否決することを冒頭に提案いたします」

自由党席から割れんばかりの拍手が起こり、「そうだ、そうだ」と支持する声が湧き上がった。すると「何を言っているのだ。反対、反対」との野次も飛んで議場は騒然となった。

広中は議場が静かになるのを待ってゆっくりと話を続けた。

「県令提出議案を否決する理由をこれから申し述べます。まず今回提出された地方税の支出予算は五十七万円余であり、昨年より十五万円余の増額であります。然るにその内容は警察署の建築修繕費や巡査の増員など警察費であります。さらには道路工事などの土木費の増額です。これ以上なんで警察費を増額するのか理解できません。また県令は着任と同時に県の幹部職員から、地方の郡長や警察署長などを勝手に入れ替え任命していることは、福島県を私物化していることであり、断じて容認することはできません」

広中の発言はまだまだ続いた。左手をあげ、右手の拳を振りかざし、一段と声を張り上げたかと思うと静かに語り、議会制の在り方を説き、三島県令の議会制度に対する認識不足を非難し、今回提出した議案の幼稚さを批判した。

広中の演説が始まった最初のうちは、自由党員の拍手や反対派の野次で騒然としていたが、やがて静かになった。広中の演説に迫力があり誰もが引きつけられたからである。反対議員も頭を垂れて沈黙し、広中の太い声だけが議場内に響き渡った。そして広中の演説が終わると自由党員ばかりではなく場内の隅々から拍手が一斉に湧き上がった。広中は議員席に深く一礼して自席に戻り、手拭いで汗を拭いたが拍手はその時までも続いた。

しばらくして帝政党の辰野議員が、我に返ったように挙手し発言を求めた。

「二十五番の発言は何を言っているのかさっぱり分からない。提出議案をすべて否決するとは議会人のやることではなく、狂人のやることだ。また否決理由も無理に考えた幼稚なものであり、県の官吏や郡長、警察署長の人事を勝手にやったと言うが、県職員の人事権は県令にあって、議会で論ずべきではない。私は二十五番の提案に反対します」

辰野議員の発言に対して、相馬の岡田健長が「議長」と発言を求め反論した。

「十二番の発言は二十五番の提案に反対するための発言であり、なんら意味がない」

広中の提案に反対意見が出て、また自由党の仲間が広中の発言に賛成意見を述べ、さらに三島県令擁護派の議員がこれに反対するなどの議論は、その日ばかりでは終わらず、数日続いた。

その間に議会の休会日もあり、広中たちは賛成反対を表明しない議員たちの宿舎を説得して回った。だが帝政党をはじめ県令擁護派の議員たちも切り崩しの行動に出た。県議会で発言する議員は全体の二割にも満たない。おまけに議論が割れて激しく対立などすると、発言者は数名の議員に限られていた。大部分の議員は態度を表明しないのだった。それを説得に訪ねると、憎まれたくもないから当たり障らずの返事をする。議員の真意はなかなかつかめなかった。

「多くの議員は何を考えているのか分からない。説得に訪ねると『そうだそうだ』と言うのだか、県令擁護派の議員が訪れても同じ返事らしい」

自由党議員は困惑していた。

やがて広中の提案した「県令提出議案毎号総否決」の採決となった。だがその当日になると議場の議員席に空白が目立った。

「二十名近くの議員が欠席しているらしい」

　山口は議場内を見て言った。広中が事務員に訊ねると出席議員は四十四名だという。十八名の議員が欠席したのだ。

「我々に協力すると約束した議員が、県令の報復を恐れて欠席しているのだ。これは下手をすると負けるかもしれないぞ」

　吉田光一が顔を強張らせて言った。

　そんな中で議会は開会された。

「これより採決を取ります。二十五番の提案である『県令提出議案毎号総否決』の議案に賛成の諸君の起立を求めます」

　近野仮議長はやや緊張しながら採決を取った。

　自由党議員が「賛成」と叫び総立ちになった。だが自由党議員以外の者はほとんど着席したままだ。広中は心配になった。

　近野仮議長は人数を数えて報告した。

「起立二十三名です。次に二十五番の提案に反対の諸君の起立を求めます」

　県令擁護派の議員が「反対」と叫んで起立した。議長はまた人数を数えて報告した。

「二十五番の提案に反対者の起立者は二十一名です。よって二十五番の提案は賛成多数で可決されました。これをもって県令提出の議案は毎号すべてを否決いたします」

近野仮議長の議事決定の報告に、議場は割れんばかりの拍手と「反対」などの怒号で騒然となった。だが近野仮議長は素早く閉会を宣言した。

「これをもって本日の会議を閉会といたします」

議員たちは「よかった」と握手をする者、「勝ったと思うな、必ず復讐するからな」と罵声を浴びせる者と、それぞれの表情で議場を出ていった。


「二十三対二十一とは接戦でしたね」

議会が終了し、無名館に戻った広中たちは、内心安堵しながらも、心の底から喜べなかった。

「自由党員二十四名ですが四名欠席ですからね。それでもわが党以外に立憲改進党系の丹精六、赤津作兵衛、磐城慶隆の三議員が賛成してくれたのです」

立憲改進党は自由党とは別だが広中の提案を支持してくれたのだ。山口は起立した議員を数えて、顔と名前を確認していた。

「県議会議員は六十二名おるのに本日の出席は四十四名で欠席が十八名もいました。河野さんが県令の議案否決の提案をしてから議員の欠席が目立っているのです。河野さんの提案に賛成でも三島県令の報復を恐れて、県議会にわざと出ないのかもしれませんね」

「我々が説得に訪ねた時『協力します』と握手までして約束したのに、県令を恐れて賛成はできないし、我々の前で反対もできず欠席した議員も沢山いるのだろう」

吉田は自分が説得した議員も欠席したので、悔しそうに言った。

「三島県令はこのまま黙ってはいないだろう。お互いに気をつけることだ」

広中は厳しい表情で言った。当然、広中の提案に賛成した議員は覚悟をしていた。

その後、三島県令は県議会の決定など無視して、内務卿と大蔵卿に原案執行の許可を申請し許可された。当時は県議会で提出議案が不採択でも、政府の許可を得て行政を執行できたのである。

「県議会で判断を下した決議を県令が実行しないのは、県令の独裁であり議会政治を踏みにじる暴挙だ。しかも、それを政府が認めるとは理解できません」

広中は山田顕義内務卿に抗議の文書を送った。だが地方議会のことで無視された。当時の「府県会規則」は、抜け道だらけの無にひとしい法律だった。

「これはどうしても憲法を制定して、議会に決定権を持った強い権限のある議会制度に改めなければならないな」

広中は激しい憤りを感じた。そして一地方だけではなくて政府のある中央においての、全国的な自由民権運動の活動が重要なのだと再確認した。

広中は、この福島県議会で「県令提出議案を否決した事」と、政府が「地方県議会で否決した予算案を復活させ、地方議会の決定を踏みにじった事」を福島自由新聞に載せて、全国の反政府活動家に配布した。

さらに広中たちは三島県令の暴挙を世間に訴えるために政談演説会を開いた。広中が指導して設立した石川の石陽館や、三春の正道館で教育を受けた若者たちが、活発に演説会を各地で開催した。会場は芝居小屋から寺院や民家である。演説会は弁士が三、四人で聴衆は数十人から百人になることもあった。

演説会も最初の頃は自由民権運動の啓蒙であったから、「人間は生まれながらにして平等であり、自由に生きる権利がある」などと西欧から輸入した思想を論じていたが、そのうちに憲法制定、国会開設の政治的要求となり、やがては三島県政や藩閥政府を非難する演説が多くなった。これを三島県令が放置するわけはない。集会条例によって厳しく取り締まったのである。

演説会は届け出制となり臨監警察官である巡査が立ち合った。弁士の演説が過激になると巡査が演説中止や演説会の解散を命じた。だが弁士もこんな弾圧には負けてはいない。

福島の青年は過激な発言で巡査に解散を命じられると、その巡査を「官憲は人民の敵、国家の悪人だ」と攻撃したので「官吏侮辱罪」で逮捕された。また解散を命じられても「解散の理由を釈明せよ」と巡査に食ってかかり、逮捕された者もいた。

また聴衆も野次を飛ばし騒ぎ立て、普段威張っている巡査が狼狽したりするので、それが面白く、野次馬根性で見物に行く者もいた。

さらに滑稽なのに、巡査に解散を命じられ、主催者が「これにて解散します」と言いながら後ろに回ると、前もって用意しておいた演壇に立ち「これより新たな演説会を始めます」と言って弁士がまた演説を始めたのである。聴衆は後ろへ向きを変えて演説を聴いたというのもあった。

また福島の岡野知荘は演説の中で「天皇にご忠告申し上げる」と発言して、一年間の演説を禁止された。そこで岡野は「遊芸人稼業」の鑑札を取得して、演説会が終了後に演説ではなく、落語や開化噺として三島県令を批判した。これらは民権活動家の根強い権力に対する抵抗であったが、その後、三島県令は「福島県から自由党を一掃する」という着任時の公約通り本格的な行動に出て、自由党弾圧を一段と強化したのである。

第十章　福島事件の前兆

広中が福島県議会で三島県令の提出した議案を総否決し、いよいよ自由党福島部は県令との対決に備え、活動を強化しようとしていた時、自由党会津部は道路建設問題で騒然としていた。広中はそのうち会津へ行ってみなければと考えていたが、三島県令の提案した議案総否決後の問題解決と、新聞発行や演説会などで福島を離れられなかった。そこへ会津から自由党会津部総理の赤城平六が福島の無名館へやってきた。

「会津も暑いが福島も暑いな」

「それでも地主の赤城さんは人力車で来たのでしょうから。私らは会津へ行くのも石川も相馬もみんな歩きですよ」

同席していた岡野知荘が赤城に皮肉を込めて言った。彼は会津が福島と別に、自由党会津部を組織したことに反発していたのである。

「いや人力車ではお金が大変だ。半分以上は歩いたよ」

「暑い中を遠い所、ご苦労さんでした」

広中は来客用の椅子に赤城を案内し、向かいあった。

「多忙なところ心配かけて申し訳ありませんが、会津の状況を報告に来たのです」

「そうですか。会津のことは気にかけていたのだが、実態はどうなんです」

赤城は広中より十歳以上も年上である。

「いやはや困りました。三島県令のやり方は巧妙です。河野さんも山口県議辺りから聞いているとは思いますが、三島は福島県令に着任すると間もなく、会津に『会津六郡連合会』を結成させました。そしてその連合会からの要望によって道路建設工事を計画したのです。県議会が騒然としていた頃です。勿論我々は国からの援助金でやると思いましたから、道路をつくることは会津のために善いことだと賛成しました。ところが援助金はわずかで、工事は地元会津六郡の者がやるのだと、会津の住民に工事人夫を強制してきたのです。そして工事人夫に出なければ金を出せとのことです」

赤城は興奮して話した。小使いの田村老人がお茶を持ってきた。


会津の三方道路は三島県令が福島に着任すると同時に始めた事業である。彼は前任の山形でも土木事業で実績を上げて、政府から評価されていたので福島県でもと、無理な土木工事の計画を立てた。それは若松を中心にして、北は喜多方を経て米沢へ通じる十一里、西は野沢から津川を経て新潟へ通じる二十四里、南は田島を経て日光へ通じる十七里、と三方へ道路を整備することだった。会津の開発にとって重要な幹線道路であったから、この道路を完成させれば、また政府から高い評価を得るだろうと考えたのである。

だが政府からの予算獲得は大変であった。その当時、福島県は明治政府が威信をかけた大事業として、多額の予算を投入して安積疏水の大工事をやっていたからである。西の日本海側へ流れている猪苗代湖の水を、太平洋側の安積平野へ流し、広大な原野を開拓し失業士族を入植させるというものであった。

だがこれは前山吉県令からの継続事業である。三島新県令は自分で計画を立てて新たな事業を始めたかった。新事業に政府からの資金援助はあまり当てにはできない。しかし少ない予算で大きな事業を成し遂げるのが、行政長官の腕の見せどころである。彼はいろいろ思案した結果、工事費を安く上げるために、工事人夫は地元の住民を動員しようと考えた。それには県からの押しつけ事業ではなく、地元から要求されたという形で事業計画を立て、地元の要望で会津のために道路建設をするのだから、受益者負担という理由で、工事人夫には地元住民に出てもらおうと、住民の動員を計画したのである。

会津には六つの郡がある。三島は六郡の郡長を集めて三方道路の計画を話すと、郡長たちは会津の発展のためと大賛成であった。そこで事業に協力する組織をつくるために、「会津六郡連合会」の規則編成委員を各郡から一名出して「会津六郡連合会規則」を作成した。勿論連合会規則の原案は、三島が指示して県の官吏が作成したものである。

その後、連合会規則によって各郡から五名の議員を選出して役員を決め、新たに「会津六郡連合会」を正式に発足させた。その連合会で会津三方道路建設について協議し、三島県令が提出した道路建設案を承認し可決した。議員は各郡長が指名した者たちだが、いずれも郡を代表する地主など名望家であった。だが、彼らはこの事業の工事がどのようにして行われるのか、規則や道路建設案の真意を理解していなかった。国から多額の交付金が出て、安易に工事が完成するものと考えていた。

そんな中で、耶麻郡の五十嵐力助郡長は建設案を検討し、住民の負担の重大さに気づき、この事業に批判的な質問を県の官吏にした。すると五十嵐郡長は三島県令によって間もなく耶麻郡長を解任させられた。代わりに三島県令の地元鹿児島から佐藤志郎という者がやってきて、耶麻郡長に就任した。このように県令の案に批判的な郡長や警察署長は解任され、代わりに三島県令に忠実な者が任命された。

連合会議員の中には自由党会津部の者も数人いた。総理の赤城や安瀬と県議会議員の山口、宇田、遠藤などである。彼らも徐々に疑問を持ち、納得いかないものを感じるようになった。特に春の通常県議会が終わって、会津へ帰ってみると事業の本質が判明してきた。

地元会津の発展のために、少しの労役負担は誰もが考えていた。だが県から示されたのは予想外のものであった。会津六郡の住民は「貧富の差なく十五歳以上六十歳までの男女は毎月一日ずつ、二ヶ年間人足に出るべし」とあり、もし人足に出られない者は「一日当たり男は金十五銭、女は金十銭の代夫賃を出すべし」とのことであった。

「一ヶ月一日と言っても、工事現場はわが家の近くばかりではない。五里も六里もある山道や雪道を通ったら、往復も入れて三日も出なければなるまい。農繁期には大変な労力だ」

「出られなければ、こんな多額の銭を出せとはひどい話だ」

会津の農民たちに疑問が広がり出した。

「そんなことで『連合会規則』の決議に賛成した私たちにも責任があると、農民たちに攻め立てられることになったのです」

赤城は口から唾を飛ばして話した。

「会津の住民に強制労働をさせての道路建設とは、三島も酷いことをやるものだ」

広中は手拭いで汗を拭いた。この年の夏は夜になっても暑かった。

「そこで自由党会津部から出ていた議員は、連合会規則に賛同できないので、連合会議員を辞職しました。そのうちに工事が着工していない、三月から六月まで四ヶ月分の代夫賃を納めるようにと、県から会津六郡に通達がきたのです」

「まだ工事も始まっていないのにですか?」

「そうです。工事をやってないから人足に出ないのは当たり前で、代夫賃とは何ごとだと抗議しました」

「工事未着工の三月から代夫賃を徴収するとは、会津人を欺くものだ。三島のやり方は納得できないな」

「そうでしょ。そこで自由党会津部は『会津六郡連合会』の臨時会を開催し、会津三方道路工事規則を再検討するように要求しました。だが、連合会はいつまで経っても開かれません。つまり三方道路工事に批判的な郡長や連合会議員は辞職していたので、連合会幹部や議員は三島県令に忠実な者ばかりになっていたからです」

「そうですか。そのうちに会津へ行ってみましょう」

「頼みます。河野さんも忙しいでしょうが是非、会津へ来て指導して下さい」

赤城は、その夜は福島の旅館に泊まって、次の朝早く会津へ帰っていった。

広中は、会津の問題をこのまま放っておけないと思った。だが、現在は新聞発行のこともある。「福島自由新聞」は、自由党福島部を創立した時から「党報」として定期的に発行し、自由党の活動を報道してきた。それが三島県令が着任してからは、県議会や会津の道路問題などで自由党の活動が活発となり、発行部数が多くなった。大量に印刷するのに、いつまでも外部に印刷を頼んではおけない。どうしても自分たちの印刷機が必要となり、印刷機の購入などを計画した。

そのためには資金が必要だった。資本金一万円で一株一円として株金募集をすることになった。だが思うように株金が集まらない。広中は福島から三春、石川と走り回り、次は浜通りを計画していた。

「私が相馬から磐城まで浜通りで株金募集しますから、河野さんは会津に行って、道路問題を指導しながら株金を募集して下さい」

平島松尾が言ってくれた。

そんな時に、板垣総理の使いとして栗原亮一という男が、東京の自由党本部から広中を迎えにやってきた。

「実は自由党総理の板垣さんと顧問の後藤さんが外遊をすることになって、賛成派と反対派で混乱しているので、河野さんに上京して調停していただきたいのです」

板垣退助は岐阜での怪我が回復すると早速東京の自由党本部に帰り、臨時大会を開いて党役員の改選などを行い、自由党の体制を立て直した。その後、板垣と後藤は西欧の政党政治を見聞したいと、外遊を言い出したのである。だが大石正巳や馬場辰猪などが外遊に反対しているのであった。

「大石さんたちが反対するのは『外遊費の出所に問題がある』からだと言うのです。しかし『外遊費は卑しいものではない』と板垣さんは言っておられます」

栗原は広中に東京の状況を説明した。

「そうですか」

広中は、またも混乱している自由党本部が心配になった。板垣が岐阜で遭難した時に広中は東京まで行ったが、板垣が入院した名古屋の病院には行かなかった。代理として岡野知荘を見舞いにやっただけである。その後、広中は県議会の混乱で四月に福島へ帰って以来、東京へは行っていない。

そんなことを考えると、広中は迷ったが会津よりも板垣の要請に応えるべきだと思った。

「田母野君よ、会津は道路問題で混乱しているから、会津に行って自由党会津部を支援してくれないか」

広中は自由党本部の事情を話し、会津行きを田母野に頼もうと思った。

「株金募集はどうします」

彼も県北から宮城県まで株金募集に走り回っていた。

「そうだな、県北の方は誰かに頼むよ」

「それじゃ道路問題の支援に行って、会津からも株金募集をしてきます。何分にも株金が集まっていませんからね」

田母野は会津行きを快く引き受けてくれた。

「それじゃ佐藤清君なども、そのうち会津へやるから宜しく頼むよ」

佐藤は新聞発行を手伝っていた自由党の活動家である。

広中は田母野たちを会津へ派遣すると、自分はすぐに身支度をして上京した。


「やあ、よく来てくれたね」

広中が板垣の宿泊している旅館を訪ねると、板垣は立ち上がって歓迎した。

「板垣先生の遭難の際には、福島の方にもいろいろと問題がありまして、上京できずにご無沙汰して申し訳ありません」

広中は、まず板垣に遭難見舞いを述べた。

「福島の県議会については話を聞いているが、君も大変だね。三島という男は曲者だというから気をつけた方がいいよ」

「ありがとうございます。ところで自由党本部も大変ですね」

広中は早速、外遊のことを訊ねた。

「いや参ったよ。大石君たちは誤解をしているのだ。伊藤博文君がいよいよ憲法調査にドイツに行ったが、やがて日本も憲法が制定され、国会が開設される。そうした議会政治の中で政党はどうあるべきか。さらにはこれから日本国が歩むべき方向はどうなのか。西欧の近代国家を一度は視察してこなければならんと、後藤さんと計画を立てたのだよ」

「結構なお話ですね」

「そうだろう河野君。私を信じて外遊に協力してくれたまえ」

「大石さんらは何で反対しているのですか」

「つまらんことだ」

板垣は多くを話さなかった。

「そこで、どうだろう河野君、大石君を説得してくれないか？」

広中は少し解せぬ面もあったが、大石の話も聞かなければと思った。一応了解して板垣の宿泊旅館を退出し、今度は大石の宿泊旅館を訪ねた。

「板垣さんから話は聞いたが、なぜ外遊に同意できないのですか」

「板垣さんたちが、西欧の先進国の政党政治を視察するのは結構なことだ。だが外遊費が問題なのだよ。どうも三井財閥辺りから出ていると言うのだ。だが三井が板垣さんの政治活動を支援し、外遊費を黙って出すとは思えない。裏に政府が関与しているのではないかと思われるのだ。板垣さんと後藤さんを外遊させておいて、その留守中に自由党を弾圧して弱体化する。また外遊費を出してもらった恩義で、板垣さんたちを懐柔し骨抜きにする」

大石は真剣だった。だが広中は一概に彼の話を信用しなかった。

「板垣さんは、政府から外遊費をもらったりはしないでしょう」

「河野君、君の考えはまだ甘いよ。政府の怖さを知らないな。策謀化の伊藤博文は憲法調査のため外遊に出たが、山田内務卿や松方正義なども曲者だ。君のいる福島などにも剛腕な三島県令を送り込んで、自由党福島部の壊滅を狙っているのだよ」

「確かに、三島県令は政府の人事で福島に回されてきました」

「過激な自由党福島部は三島に潰させる。自由党の本部は大親分である板垣さんと後藤さんを外国に追っ払って、国内の自由党を一気に壊滅させる作戦なのだ」

大石は得意になって持論を述べた。そう言われれば広中も大石の話が気になった。三島県令は着任早々に「福島県から自由党は壊滅する」と公言した。そして県議会無視や会津の道路工事では、いろいろ問題を起こしている。

「しかし、板垣さんと後藤さんがいないだけで自由党は壊滅しませんよ。板垣さんたちが留守でも、まだまだ大石さんも片岡さんもいるじゃないですか」

「問題はそのことだけではない。伊藤博文という男は長州藩の足軽から出て、現在は政界の頂点に立とうとしている男だ。そこで板垣さんと後藤さん、それに大隈さんなど、現在は下野している維新時からの大物政治家を、なんとか懐柔して味方に引き入れようとしているとの噂だ。つまり、いつまでも野に放しておいては怖いから、自分の仲間か配下にしようというわけだ」

大石は目じりを吊り上げて言った。

「でも板垣さんや後藤さんは、伊藤さんに懐柔はされないでしょう。維新時の参議では伊藤さんの先輩だし年齢も上ですよ。まして配下になるなど考えられません」

「いや、それは分からない。徳川時代なら身分や年齢で人事の階級は決められた。だが明治維新になって、政界は先輩も後輩もなくなった。力のあるものが頂点に立つのだ」

「伊藤さんはそこまでやりますかね」

「先ほども言ったが、君は考えがまだ甘い」

大石は大真面目である。広中は「考えが甘い」と二度までも言われ、これ以上この男と話しても無駄だと思った。この状況では広中が大石を説得などできるものではない。広中は大石の旅館を出ると、また板垣の旅館を訪ねて大石との話を報告した。

「外遊費は私を支援してくれている蜂須賀さんが出してくれるのだよ。片岡さんや中島さんなど、多くの党員は私の外遊に賛成だ」

板垣は大石の話を否定して説明した。

「私は板垣さんを信じていますが、どちらにしても党内が割れているのは困りますね」

「河野君を東京に呼んだのは、党内をまとめてほしいからだ。宜しく頼むよ」

その後数日して、広中は自由党本部に行って同志の意見を聞いた。すると板垣たちの洋行には賛否両派に分かれて議論をしていた。確かに外遊費の出所については疑わしい面がないわけではない。だが広中は組織の結束力が乱れるのを一番心配した。ここは板垣さんを信じて、二人の外遊には協力すべきであると思った。

「板垣さんたちが外遊して、フランスやイギリスなど先進国の政党政治を見聞してくるのは自由党の利益になります」

広中は反対している者たちに賛同を求めた。

「河野さんは何も知らない。政府首脳の誰かが三井財閥に旅費を出させたのだ。三井は陸軍の御用商人だからな。板垣さんら二人の洋行費ぐらい何でもない。これは政府と政商財閥が自由党の壊滅を狙ったものだ」

「たとえそんなことがあったとしても、板垣さんたちは自由民権の思想を捨てるわけではないし、政府に懐柔されたりはしませんよ。ここは板垣さんたちを信用すべきです」

広中は自由党員を個別に訪ね、説得して回った。広中がそんな努力をしている時に、また福島から電報がきた。会津に行った「田母野秀顕が暴漢に襲われた」と言うのだ。広中は急ぎ福島の無名館に帰った。

「いったい誰が襲ったのだ」

「襲ったのは帝政党の連中です。いやはや酷い仕打ちでした」

田母野は頭と顔半分に包帯を巻き、目だけを光らして言った。

「とんだ災難だったね。私が行くべきところ田母野君を会津へやったばかりに――。すまなかった。それで傷の方はどうなんだい」

広中は田母野に頭を下げ、申し訳なく思った。

「事件から七日ほど経過していますから、傷は回復し痛みは大分とれました」

「若松からよく福島まで帰ってきたな」

「会津にいるとまた襲われると思ったからです。それだけ会津は不穏になってきました」

「帝政党もヤクザと同じだな」

「襲われたのは若松の清水屋という旅館でした。とにかく滅多打ちにされたのです。その夜は旅館で治療して臥し、次の日に幌を下ろした人力車で福島へ向かいました。そして本宮在の岩根村まで来たら佐藤清君に会って、佐藤君が福島の仲間や河野さんに電報で知らせてくれたのです。私は三春の実家に帰って少し養生し、先ほど福島へ着いたのです」

「それは酷かったね。それで襲われた時の状況を話してくれないか」

田母野はゆっくりと話し出した。岡野が扇で田母野に風を送った。夏は過ぎたが、福島盆地の夜は蒸し暑かった。

田母野の話によると、彼はまず喜多方へ行って同志の方々を回り、新聞発行の株金募集をしたのだが、会津の同志は道路問題に夢中で株金どころではなかった。自由党会津部が要求していた、会津三方道路建設を再検討するという、会津六郡の臨時連合会はいつまで経っても開かれず、再度要求願書を提出したが何の反応もなかった。そのうちに道路工事の起工式が八月十七日に若松で行われた。

起工式の当日、田母野は自由党会津部幹部の宇田成一や中島友八と若松の清水屋旅館に泊まっていた。宿の者の話では、県庁の村上小書記官が大勢の役人を引き連れて馬車でやってきて、若松では郡役所の役人や会津士族の者が大勢で出迎え、工事現場での起工式は盛大なものだった。

その夜、田母野たちは起工式の祝いで打ち上がる花火を、宿の手すりにもたれ眺めた。そして彼らが一杯呑んで寝込んだ夜半に襲われた。三人を襲撃したのは旧会津藩士族の帝政党員で、県議会議員の辰野宗治たち五、六人であった。起工式で酒を飲み、その帰りだったのか、彼らは田母野たちが清水屋に泊まっているのを突き止めていた。

木刀を持った集団に襲われた田母野たちは、反撃することもできなかった。田母野は剣術の心得もあったが丸腰だ。宇田と中島は地主といっても百姓である。戊辰戦争を戦った武士の集団には敵わない。その場でねじ伏せられ、「誓書」を書かされた。

誓書の内容は「自由党の行動は間違いだったので離党し、道路工事に反対はしません。今後は県令殿の指示に従います」とそんなものだった。しかも最後に「今夜のことは私の方から手を出し、申し訳ありません」と謝罪文まで書かされた。

「なんとも情けない話だったのですが、相手は武士集団です。仕方なかったのです」

田母野は悔しげに言った。

「指示した三島県令も帝政党も許せないな」

高知から応援に来ていた植木枝盛は、早速この事件を新聞で報道すべく原稿を書き始めた。彼は優れた文筆家でもあった。

「会津の道路建設反対運動は我々も支援しなければならない。応援に行こう」

岡野も怒りを露わにして言った。

「よし、おれが三島県令に直接会って話してみよう。さし当たって一番の問題は道路建設で夫役に出られない者から、代夫賃の強制徴収を止めさせることだ」

広中は立ち上がって言った。会津の仲間たちが「臨時連合会」の開催を求めたり、郡長や警察署に抗議しても結果は同じだ。元凶は三島県令なのだ。三島の考えを修正させない限り、紛争はいつまでも解決しない。

だが広中が県庁を幾度も訪ね、県令に面会を求めたが「県令は公務多忙」と面会は拒否された。事務方が応じないのだ。県令室に乗り込もうとすると、警備の巡査が身体を張って阻止した。それ以上やれば拘束されるだけだ。広中は県令説得を諦めた。これは中央の政府を動かす以外にないと思った。それには分裂している自由党を早く結束させなければならない。

広中は会津に岡野たち数名を支援に送り、自分はまた党本部へ上京した。

党本部のある寧静館では、板垣たちの外遊についてまだ議論が続いていた。だがいつまでも結論を出さないわけにはいかない。

「こうなったら板垣さんの決断です」

広中は板垣に強行突破を進言した。

「将来の政党政治はどうあるべきか。自由党をどう発展させるか。日本の将来のための外遊だ。先進国視察に協力できない者があっても計画は実行する」

板垣の発言で大石と馬場らは自由党を去っていった。広中は自分が進言したとは言っても、板垣の強い態度で仲間が去り、何となく後味の悪い気持ちであった。

そんな時、今度は山口千代作がわざわざ東京までやってきた。

「清水屋事件があって田母野さんらが負傷した時、河野さんが福島まで来たと言うから会津へ来られるのか、待っていたのですが、東京へ帰ったと言われたので、やってきました」

「いや申し訳ない。県庁に行ったり党本部の用事もあってね」

広中は頭を下げげた。

「河野さんの忙しさは分かります。それで会津の状況は深刻です」

山口は、その後の経過を話した。それによると、前に「会津六郡連合会」の臨時会を要求したが実現しなかったので、自由党会津部は三方道路の工事中止の訴訟を、若松裁判所に控訴した。だが若松裁判所は三島県令に支配されていたので、自由党会津部の要求を無視し却下した。そこで彼らは仙台の宮城控訴院に訴えるべく、山口と宇田を委員として行動を起こした。するとその行動を妨害阻止しようと会津の帝政党が動き出し、彼らは三方道路建設に反対する農民や自由党員に嫌がらせをして、その活動を妨害した。

「その帝政党員に田母野さんたちが暴行されたのです。もうこれ以上我慢ができません」

山口は会津の三方道路反対闘争について、悔しげに経過を説明した。

「そうですか、帝政党も困った者たちだな」

「宇田さんや田母野さんが襲撃を受けて、我々もただ黙ってはいられません。若松の帝政党本部を襲撃しようとの話も幾つかあり、会津の問題は深刻です」

山口は真剣な眼差しで言った。広中は腕組みをして考え込んでから口を開いた。

「帝政党の本部を襲撃すれば、それは警察によって取り抑えられるだけだ」

「確かに清水屋で我々の仲間が襲撃されても、警察は取り締まらなかった。それなのに我々がやれば警察は取り締まるでしょう。しかし、会津の者は腹の虫が治まりません」

「とにかく帝政党も警察も一緒だ」

「それなら会津六郡の農民を結集して蜂起し、会津から帝政党ばかりではなく、警察までも追い出すべきだと叫ぶ者も沢山おります」

「確かに会津六郡の農民が幾万人も蜂起し武器を持って戦えば、一時的には会津から帝政党も警察も撃退することは可能かもしれない。しかし政府は黙ってはいない。軍隊を出動させ鎮圧するだろう。西南戦争では、あの大西郷さんだって敗れたのだ」

「――――」

「もう武力蜂起をして戦う時代ではない。政府や三島県令は、会津の農民が武装蜂起するのを待っているのかもしれない。いや、自由党員を襲ったり道路工事に農民を労役し、代夫賃を強制的に取り立てるなどしているのは、騒動を起こさせる挑発だ。会津に騒動を起こさせて、一気に自由党員を拘束する策略なのだ」

広中が一番心配していることだった。

「そう言われればそうかもしれません。では、どうすればいいのですか」

「山口さん、あなたは自由党会津部の指導者です。決して会津の自由党や農民が暴発しないように指導して下さい。武力などという暴動は、何度も話しますが一掃されるだけです」

「――――」

山口は無言だったが、広中は話を続けた。

「まず言論で警察や郡役所に抗議活動をしたり、演説会で聴衆に会津の実態を訴えたり、また福島自由新聞などで国民に訴えたりすることです」

「相手は官吏侮辱罪とか集会条例、新聞条例をもって取り締まってきますよ」

「それでも負けずに挫けずに闘う以外にないのです。山口さんと宇田さんが委員となって裁判所に訴訟を起こしたのは正解です」

広中はさし当たっての抵抗運動を説明した。

「分かりました」

山口はそう言ってから、東京の自由党本部の者たちにも挨拶し、会津へ帰っていった。

その後、広中も会津の騒動を心配し、自由党福島部から同志を数名また会津に送るように手紙で指示した。さらに石川の吉田光一にも手紙を送って、会津の民衆が暴発しないように会津に行って指導してくれることを頼んだ。また会津の仲間にも激励の手紙を送り励ました。

広中は、とにかく福島へ帰らなければと思った。さし当たって板垣と後藤たちの外遊を横浜港まで見送りたかったがそれも無理だと諦め、江東区の中村楼で行われた板垣と後藤の送別会が終わると東京を発った。

広中が無名館に帰ると、安瀬敬蔵と原平蔵が会津から駆けつけてきた。原は加納村の庄屋の倅で、まだ二十二歳と若かった。

「自由党会津部では安積疏水の開通式に参列した山田顕義内務卿に、会津の農民が苦しんでいる状況を訴えようとしましたが、総代の小島忠八さんたちが内務卿の宿所に駆けつけると、すでに去った後でした」

「また、宮城控訴院への活動を強化させようと、山口さんや宇田さんの他に三浦文治さんを控訴委員に追加して行動しています」

「宮城控訴院への訴えはいいことだ」

「ですが、三島県令は宮城控訴院へ訴えられるのが一番嫌なのです。そこで控訴委員の三浦文治さんと宇田成一さんを警察へ拘束しました。三浦さんが仲間と三方道路工事に反対運動で、宮城控訴院へ提出する委任状を集めたのが、善良な農民を騙した詐欺罪だというのです」

「また宇田さんは仲間と東山の旅館に宿泊中、警察に逮捕されました。こちらは反対運動の活動資金として一戸十銭ずつ集めたのが、やはり詐欺罪だそうです。その後、五十嵐武彦さんも拘束されました。山口さんも狙われておりますが、現在は仙台へ行っています」

　会津から来た安瀬たちは次々と情況を報告した。

　広中は、宇田や三浦などの活動家が次々逮捕されたことに驚くと共に、どうしても釈放させなければならないと思った。

　自由党会津部は三島県令に「三方道路工事中止」を申し入れたが無視され、若松裁判所に道路工事中止を控訴したがこれも却下され、現在行っている仙台の宮城控訴院への訴えに全力投球し期待していたのだ。だが宮城控訴院は東北全体の管轄である。特定の者が控訴しても取り上げられない。住民の過半数の委任状を得て提出すれば、控訴院も無視できないだろうと考えたので、自由党員たちは手分けをして会津六郡全域を回り、署名集めをしていたのであった。その時点で帝政党の妨害があったり、農民に委任状を無理に書かせたなどといって逮捕者が出た。

「また工事に出ないからと言って、警察は代夫賃の差し押さえを強行し、金を出さないと畳一枚を三銭とか、戸棚が五銭という不当な安値で取り上げ、競売されています」

自由党会津部の仲間は宮城控訴院において結論が出るまで、道路工事は不当であるとして工事には出ないことを申し合わせ、代夫賃も勿論出さないことにした。このため各郡の郡長は警察を動員して、活動家の家から差し押さえを始めた。

「自由党会津部総理赤城平六さんの自宅が執行された時は、佐藤志郎郡長を先頭に数人の郡役所の者と、数十人の巡査とで赤城宅を取り囲み、代夫賃の差し押さえを強行しました。そこへ知らせを受けた自由党員や近在の農民が百人ほど集まり、半鐘を乱打し抗議したので騒然となったのです」

「それで暴動には至らなかったのか」

広中はそれが心配だった。すべては三島の指示で、郡長や警察の挑発行為だからである。

「現在は私や赤城さんが過激な連中を説得していますが、警察の弾圧や帝政党の嫌がらせで、今後は何が起きるか分かりません」

安瀬は顔を引きつらせて言った。

「そうか。とにかく三島県令の策謀に乗らないことだ。彼らは我々を挑発して暴動や一揆を起こさせ、活動家を一網打尽に拘束して、自由党を壊滅させるのが狙いだからな」

「今まで反対運動をしていた者は二つに分かれております。警察の弾圧や帝政党の嫌がらせを恐れて賛成派に寝返った者です。この者たちは工事に出ており、代夫賃も取られておりません。最近は賛成派が多くなったのです」

「一般民衆というものはそういったものだ。最初は反対でも警察などに驚かされると『さわらぬ神に祟りなし』でお上に従うものだ」

「その一方で、抵抗を深めている者は過激になっており心配です」

安瀬は真剣だった。

「そのうちに会津へ行ってみるよ」

広中は会津をこのままにはしておけないと思い約束した。安瀬たちは、その日のうちに帰っていった。


広中が福島で会津に向かう準備をしていると、東京の本部からまた手紙がきた。差出人は国会開設奉呈委員で一緒だった盟友の片岡健吉である。内容は「現在福島の自由党と会津の農民は三島県令の弾圧で暴発寸前だと聞く。君はそのまま福島におると、彼らに担ぎ上げられ、暴動の指導者となる恐れがある。政府はそれを狙って県令に指示しているのだ。佐賀の江藤新平さん、鹿児島の西郷隆盛さんは明治維新の偉大な功労者だ。明治政府を倒そうなどとは考えていなかった。不平士族を宥め暴動を鎮めようとして、逆に反乱の首謀者に担ぎ上げられてしまったのだ。君も福島にいると、その二の舞になる。現在自由党本部は板垣さんと後藤さんが外遊し、河野さんを必要としている。今君が警察に拘束されるような事態になったら、自由党は大変な打撃となる。君は一地方の混乱に巻き込まれてしまうことがあってはならない人間だ。君の才能と命は、日本国家の改革のために使うべきものだ。今は福島にいない方がよい。自由党本部の誰もが心配している。今すぐに上京してほしい」というものだった。

広中は、この手紙を無名館長の平島松尾に見せた。

「東京本部の方々もいろいろ心配していたんですね。実は私もそのことを心配していたのです。現在、喜多方の赤城平六さんが自由党会津部の総理で、反対運動の指揮を執っていますが、河野さんが会津へ入れば、河野さんが総指揮を執るようになるでしょう」

「確かにな」

「三島県令は大勢のスパイを会津に送り、情報を入手すると同時にスパイを道路工事反対運動の活動家に潜入させて、騒動を煽っているといいます。福島から勇んで反対運動の応援に駆けつけた者などに、スパイがいるとの情報もあるのです。誰がスパイで誰が活動家なのか分かりません。また無名館近辺にもスパイがいるから、気をつけろと言われています」

「そうか。スパイにも気をつけなければならんし、大変だな」

「さらに帝政党など旧会津士族は、河野さんが会津に入れば襲撃するとの噂もあります。なんせ会津士族には戊辰戦争で三春に裏切られた恨みがあります。あの時、河野さんが三春藩を官軍に恭順させ、会津討伐隊として会津へ攻め込んだのを知っていますからね。河野さんは会津に入るべきではありません。このままでは福島にいても危ないです。片岡さんがわざわざ手紙を寄こしたのですから、上京すべきです」

平島は広中の身を案じ、福島を離れるように進言した。

「しかし、福島が危急の時に逃げるわけにはいかない。もう一度三島県令に直接会って、道路工事の中止、もしくは農民の工事役夫を免除することを談判してみようかと思う」

「それはやっても無駄です。三島は自由党を撲滅するのが目的だから、河野さんが県庁に乗り込んでもその話には応じないでしょう。下手をすると言葉の端をとらえて、官吏侮辱罪で拘束されるかもしれません。会津の活動家は一寸した言動で拘束されています」

「そうか」

広中も困り果てた。

「どうです。福島は福島でなんとかやりますから、河野さんは自由党の本部で政府の首脳に会津の現状を訴えて、三方道路の工事を中止させる方法をとって下さい。福島におっては事件が起きた時に関係ないと言い訳はできませんが、東京におれば大丈夫です」

平島の言う通りかもしれない。自分が福島でいくら三島に掛け合っても、道路工事を中止させることは無理だ。それよりも東京で自由党幹部の仲間と、内務卿や元老院に働きかけをすれば、効果があるかもしれないと広中は思った。

「平島君の言う通りにしよう。政府の実力者に直接会って談判してみるよ」

広中はそう考えると、板垣や後藤を外遊させたのは失敗であったと思った。だが星亨や大井憲太郎、片岡健吉などもいる。また場合によっては、改進党の大隈重信に協力を求めてもいいのだ。県議会で三島の議案を総否決した時には、改進党の議員も同調してくれた。現在政府では曲者の伊藤博文が外遊中だ。

留守を預かっているのは、三島の親分である薩摩の黒田清隆や松方正義などだ。さらには山田顕義や山県有朋などの長州派もいる。彼らなら、自由党の幹部が揃って話せば、大物政治家同士だ、理解し三島を説得してくれるかもしれない。広中は自由党の幹部も、日本を代表する政治家だと考えていた。

広中は、早速福島を発って上京した。だが東京の自由党本部に着いて間もなく、無名館の平島松尾から電報が来た。「会津の農民が喜多方警察署を襲撃した」というものだった。

「いったい、どうしたのだ?」

広中は慌て、福島へ戻った。

第十一章　福島事件で投獄

「河野さんが帰ってきた。河野さんが帰ってきた」

　広中が無名館に帰ると、出迎えたのは小使いの田村暁雲であった。人力車の音に気づき、路上へ飛び出してきたのだ。彼は近所に聞こえるような大声で叫んだ。小まめに働く老人だが、少し変わった男である。

「やあ、お帰りなさい。早かったですね」

　田村の声に、奥から愛沢寧堅と仁科寅之助、小勝俊吉などが玄関へ出てきた。

「大変な事件が起きたようなので、早馬と二人用人力車を乗り継ぎ、夜も駆けてきたよ。それで平島君や田母野君はどうした」

「田母野さんは会津です。無名館長の平島さんは情報集めに飛び回っています」

「そうか。平島君や田母野君は留守か」

　広中は足を洗うのに奥の井戸へ行くと、手伝いに来ている佐藤清の妻が米を洗って夕飯の準備をしていた。

「いつも手伝ってもらって大変だね。佐藤君は会津からまだ帰らないのかい」

「会津で事件に巻き込まれ、警察に拘束されたかもしれません」

「それは心配だな。田村さんは」

気づくと田村老人がいなかった。

「河野さんが来たから、美味しいものをつくると買い物に行きました」

「すまないね」

広中が手足や顔を洗って、二階の会議用部屋に入ると愛沢たち三人は待っていた。

「それで会津の状況はどうなのだい？」

愛沢たちは会津の状況を説明した。

それによると、会津では郡役所の者が、官憲たちと強引に代夫賃の取り立てをやっているので、それに抗議し道路工事に反対する運動が日毎に激化していた。そんな中で自由党会津部幹部の宇田成一、小島忠八や活動家の三浦文次、原平蔵、佐治幸平など数十人の者が不当な罪名で、若松警察署や喜多方警察署へ拘束された。そして十一月二十八日に事件が起きた。

それは最初から警察署を襲撃しようなどというものではなかった。自由党会津部総理の赤城平六や幹部の安瀬敬蔵が「仲間の不法拘束に抗議する集会をしよう」と仲間に呼びかけたものだった。

ところが、指定した会津塩川の弾正ヶ原に集まった民衆は予想以上に多く、千人を遙かに超えていた。主催者の赤城が挨拶をした後で、幹部が「警察の不当な拘束は許せない」と抗議して次々と演説をした。その後で雄弁な者が前に立って、仲間の釈放を要求しようと呼びかけた。さらに道路建設工事に反対し中止を叫ぶ者、三島県令を福島より追放せよ、などと演説する者もあった。

そのうちに瓜生直七という若者が松の木に登って「これより喜多方警察署に行って、宇田さんや小島さんの釈放を要求しようではないか」と呼びかけた。すると群衆は「そうだそうだ」と叫び、喜多方町の方へ行進を始めたのである。喜多方警察署は弾正ヶ原より一里ほどだった。

「抗議するといっても、こんなに大勢で警察署に行っては誤解を招く。我々が代表で警察署に行くから、皆さんはこの場で待機していてもらいたい」

赤城と安瀬は驚いて群衆に呼びかけた。福島から応援に駆けつけていた田母野も「大勢で警察署に行くのはよくない」と、大手を振って群衆の移動を阻止しようとした。だが動き出した群衆は止まらなかった。そしていつの間にか千数百人の群衆が喜多方の町中を行進し、警察署前に到達した。辺りはすでに夕暮れである。周辺の家々では何ごとかと恐れ、雨戸を閉めて静かになった。

「ここまで来ては仕方がない。我々がこれより警察署内に入り、拘束されている者の釈放を要求してくるので、決して騒ぎ立てることのないように注意してもらいたい」

群衆は素手であったが、赤城と安瀬は彼らに向かって念を押した。そして田母野も交えた三人で署内に入っていった。群衆は警察署前の道路を埋め尽くし、狭い路地から裏手の道路までいっぱいになった。彼らは「不当な逮捕はやめろ」とか「警察は宇田さんらを釈放しろ」などと叫んだり、雑談を交わし代表の交渉が終わるのを待っていた。

だが、間もなくして前の方にいた誰かがいきなり道路上の石ころを手に持つと、警察署めがけて投げつけた。

ガチャリと窓ガラスの割れる音に人々が驚いて署の方を見ると、警察署の正面玄関や裏口の方から数十人の巡査が帯剣を抜き、飛び出してきた。

「警察署を襲うとは何ごとか。解散しろ、解散しろ」

巡査らは帯剣を振り回し群衆に解散を命じた。中には斬りつけてきた巡査もいる。

「抵抗せずに逃げろ。逃げろ」

外の騒ぎに驚いて署内から出てきた赤城や安瀬は、群衆に向かって叫んだ。仲間が抵抗し、怪我人を出してはならないと心配したのである。棒きれ一本持たない群衆も「逃げろ。

逃げろ」と叫び、我先にと逃げ出した。

「深追いするな。構わず逃がせ。後から全員検挙してやる」

署長もまた警察署から出てきて叫んだ。道路上を埋め尽くした予想外の群衆に驚き、この場は穏やかに治めようと思ったのかもしれない。

赤城や安瀬たちは逃げながら解散を命じた。そして主だった者は赤城宅に集まるように指示し、騒動はあっけなく鎮まった。


「警察が群衆に斬りつけたと言うが、怪我人はなかったのか」

広中は、そのことが一番心配だった。

「まだ詳しい情報は分かりませんが、斬りつけられて怪我をした者もいるとのことです」

「そうか。しかし会津の民衆が、武器を持っていなかったのはよかった」

広中は話を聞いてやや安堵した。最初東京で電報を受けた時は、日本刀とか斧や鎌など持って警察署を襲撃したのかと思った。だが棒きれ一本持たないで、たかだか路上の石を投げたぐらいでは、それほどの罪にはなるまいと考えたのだ。

「それで赤城さんたち幹部はどうした?」

「安瀬さんたち自由党の幹部は、赤城さん宅に戻って今後の対策を協議したそうです。話し合いは明け方まで続きました。警察もこのままでは済ますまいと思ったからです。ところが警察の行動は意外と早かったのです」

愛沢は平島から聞いた情報を説明した。

「当時喜多方警察署には三十人ぐらいの巡査しかいなかったようです。千人を超す群衆と乱闘になったのでは大変なので、警察も一時はその場を鎮めました。だがその後、群衆が逃げ去ると郡役所や若松警察署へ電報で事件を知らせたので、その夜のうちに若松から巡査や帝政党員などが喜多方警察署に多数集結しました。そして事件の首謀者である赤城さん宅を襲撃したのです」

「赤城さん宅には四十人ほどの活動家が、夜通し今後の対策を相談しておりました。そこを百人を超す巡査などに襲われ、大部分の者が検挙されたのです」

「だが赤城さんや田母野さんたち数名は、逃げたと言われております」

愛沢たちは代わる代わる説明した。

「警察も大げさだな」

広中はこれが大事件に発展し、自分まで逮捕されるとは、その時思わなかった。

「平島さんの話によると、三島県令は事件当時東京におったそうですが、県庁の村上書記官に『県内の警察を総動員して、会津の事件に関係なくとも、自由党の活動家は全員検挙すべし』と電報を打ってきたとのことです。すでに福島や二本松、三春、石川の警察も動き出したようです。それで河野さんが帰ってきたら、すぐ東京へ逃げるように話してくれとの伝言でした」

小勝が言った。彼は東京本部から来て無名館の仕事を手伝っていた若者である。

「いや、おれは今度の事件に関係ないだろう」

広中は自分の身をそれほど心配しなかった。

「あれからまだ四日ですが、福島の警察本部は動き出しています。彼らが一番先に狙うのは河野さんです。福島警察署の近くにいるのは危険だと平島さんも言いました」

「しかし、おれは道路工事の話が出てから一度も会津には行ってないし、今度の事件だって東京にいて、集会を開くのも全然知らなかった。警察も罪を着せようがないではないか」

「でも平島さんは河野さんのことを心配していました。平島さんも会津には行っていませんが、自由党員と民権活動家を根こそぎ検挙するとの情報があるから、おれも注意しないといけないと言ってました」

「それじゃおれたちもか?」

愛沢が言った。彼は浜の浪江で会津とは反対方向の活動家だ。

「とにかく用心すべきです。福島におっては危険です。身を隠して下さい」

その時、佐藤の妻が食膳を持ってきた。

「どちらにしても東京から先ほど着いたばかりだ。今すぐ上京するわけにはいかない。今夜はゆっくりと休んで明日の朝に考えよう」

広中は自分が拘束されるとは考えていなかったが、もし拘束されたら警察や裁判所に行って、三島県令の暴挙を訴えてやるだけだ。自由党の仲間には星亨や大井憲太郎のような優秀な弁護士も大勢いる。三島ごとき一地方の役人に負けてはいない。板垣が岐阜で暴漢に襲われた時、天皇は勅使を派遣し、政府も見舞いの使者を遣わした。全国の自由党員が騒ぎ出すのを恐れてのことだった。今回だとて罪名もなく自分を検挙することはできないと、広中は自負していたのだった。

「それじゃまず、腹ごしらえをして、じっくり対策を考えるか」

広中たちはそれほど心配もせずに夕飯を食べた。そして明日になったら平島も帰ってくるだろうし、会津から状況報告も入るだろうと少し早めに寝た。

「河野さん、外が騒々しいようです」

広中が旅の疲れで深く眠り込んだ時、小勝に布団を揺り動かされて目を覚ました。愛沢たちも上半身布団の上に起き出し、聞き耳を立てていた。やがて三人は障子の隙間から外を見ると、外は暗闇だが大勢の者が無名館を取り囲んでいるのが分かった。

「見てくる」

愛沢は低く言って階段を降りようとした。広中は直感的に警察が自分を捕らえにきたと思った。愛沢にだけ任せてはおけない。広中も階下に降りていった。

「河野さん、裏口から逃げて下さい」

小勝が叫んだが、広中は外の人数から逃げきれないと思った。

下に降りるとすでに玄関の戸は開き、二人の巡査が中に入って田村老人と話をしていた。

玄関の外には巡査が大勢動き回っている。

「こんな夜中に大勢で何用ですか」

広中は巡査に詰問した。

「河野広中はおるか」

巡査は大きな声で言った。

「私が河野広中だ。用事があるなら静かに話せ」

「私は福島警察署の警部長代理柴山景綱と申します。喜多方警察署襲撃事件についてお聞きしたいことがありますので、警察署まで同行願います」

男は自分の名札を出してから言った。広中は何も聞かれることはないが、ここでこの端下巡査と口論し理を説いても始まらない。大勢の巡査を動員し来ているのだから、力ずくでも拘束する気なのだろう。警察署に行ってからよく話し合おうと思った。広中がそのまま外に出ると、五十人以上、いや百人近い巡査や帝政党と思われる者たちが広中を取り巻いた。

「私は逃げも隠れもしないから、そんなに厳重に取り囲まなくてもよい」

広中は殺気立った巡査たちを睨みつけ、荒縄で縛りつけられるのを許した。広中の後から愛沢と仁科と小勝まで、縛り上げられ連行された。検挙されなかった田村と佐藤の妻が見送った。会津では誰かが検挙されると村人が集まり、半鐘を乱打して警察に抗議し大騒動だったと言われたが、福島では無名館周辺の家々はすべて雨戸を閉め、広中の拘束に誰も抗議をしなかった。

福島警察署に連行された広中は何の取り調べもなく、愛沢たちとも引き離された。そしてその夜のうちに若松警察署へ護送されると知らされた。今夜は福島でゆっくり寝させてもらい、明日から本格的な取り調べだと考えていたのだが、突然に夜半の護送である。寒くて敵わなかったので、綿入れの着物と毛布を要求したが認められなかった。

本宮で仮眠を許され、朝の食事をした。それから歩いて山道を登り猪苗代の山潟へ出て、湖上は舟で渡り、夜になって若松警察署の獄舎に入れられた。何かの倉庫を急に区切って監獄としたものらしく、大勢の者が収容されていた。だが広中だけは板戸で区切った独房に押し込められた。やがて粗末な食事が出され、食べ終えて土間の藁床に身体を横たえた時、広中は初めて自分が囚われの身になったことを実感した。

無名館で検挙され福島警察署へ連行された時まで、広中はまだ楽観視していた。自分は会津の事件とは関係ないのだから、すぐに釈放されると考えていた。場合によっては三島県令の手足となって会津の農民を苦しめ、自由民権運動の活動家を弾圧している警察を、弾劾してやろうとさえ考えていたのだ。だがものものしい警戒と夜半に若松護送というから、今度は夜陰にまみれて何かされるのではないかと一時恐怖を感じた。

三日ほどしてから本格的な取り調べが始まった。

「君は喜多方警察署襲撃を工作し、指導しただろう」

外田重之という警部が取調官だった。彼は住所氏名や年齢などを確かめた後、いきなり決めつけた尋問をした。

「当時東京におって、この事件には何ら関係しておりません」

「東京で自由党会津部に指示していたのではないのか」

「事件は電報で知らされてから知ったので驚きました」

「しかし君は、側近である田母野秀顕や佐藤清など、数十人の福島の自由党員を会津へ送って、会津農民の道路工事反対運動を指導していたではないのか」

「指導はしておりません。自由党会津部は独立しており、会津のことは会津に任せておりました。ただ応援の者を送ったのは認めます。不当な代夫賃取り立てに反対するのは当然だからです」

「そらみろ。反対するのは当然だと言ったではないか」

「反対するのは当然ですが、喜多方警察署へ大勢で抗議行動をすることは知らなかったし、私は暴動などを起こさないようにと話していたので、今回の事件は残念でなりません」

「うそを申すな。君が福島県内の自由党を指導し、会津の農民をそそのかして暴動に走らせたのは明白だ」

　取り調べは同じことを何度も聞かれ、また次の日も次の日もと三日ほど続いたが、さすがに広中には拷問を加えるようなことはなかった。広中は一貫して事件に関係ないと主張した。事実なにもやっていないからだ。

　その後広中の取り調べは中断され、いつしか十二月も中旬となり外は連日雪が降り、獄舎内の寒さも一段と厳しくなった。やがて年末になったのに、何の呼び出しも通知もない。毎日見廻りにくる看守に「おれのことは一体どうなっているのか」と訊ねても「分からない」と言うだけだ。それでも「今日は寒いな」とか「あんたたちも囚人が沢山おって大変だな」などと話しているうちに彼らも話にのり、事件の状況がいくらか知れるようになった。

それによると、今度の事件では千人以上の者が拘束され、若松も喜多方も警察署はいっぱいで、俄かに町屋や農家の物置や土蔵を獄舎としていたが収容しきれず、大部分の百姓たちは罰金一円から二円で釈放された。だがその取り調べの拷問が厳しく、亡くなった者や重傷を負った者もおり、百姓たちは罰金よりも拷問が恐ろしく、二度とこんなことはしないと約束し、調書に署名したとのことだった。

広中は一月に入って、東京から来た赤司欽一という刑事から取り調べを受けた。

「君は喜多方警察署を襲撃した事件を先導した他に、何か悪事を企てたのではないか」

「喜多方の事件を先導したことはありませんし、その他にもありません」

「君は昨年の夏、福島の無名館において愛沢、田母野、平島、沢田、花香と同席していたか」

突然の尋問に広中は戸惑った。名前をあげた者たちとは同志であり、無名館では一緒のこともあり、そうでない時もあったからだ。

「昨年のことで忘れましたが、会ったようでもあります」

自分と五人の者とになにがあるのだろうか？

「そこで『盟約書』なるものを交わしたであろう」

「なんのことやら分かりません」

「平島も花香も田母野も白状した。証拠は上がっているぞ」

「――」

広中は「もしやあれか」と思い当たるものがあった。

「白をきるな。これがその盟約書だ。この第一条に『吾党は自由の公敵たる藩閥政府を顛覆して、公議政体を建立する』とあるぞ」

刑事は毛筆で書かれた盟約書を両手で掲げ示した。

広中は、やはりこれかと思った。記憶にあったからだ。だが「政府顛覆」でなく「政府改良」だったような気もする。

「その書類でしたか。私は喜多方警察書襲撃の盟約書かと考え、そのようなものはありませんと言ったが、その書類なら記憶にありました。しかし『政府顛覆』ではなく『政府改良』をするというものでした」

「どちらも同じだ」

「いや、『政府顛覆』などと書いたものは見た記憶がありません」

広中はきっぱりと言ったが、彼の記憶は「政府顚覆」だったか「政府改良」だったか曖昧だった。あの時はそれほど重要な約束ごとをしたとは思わなかった。だから文面も花香が「顚覆」と書いたのを沢田が「改良のほうがよい」と言ったような気がした。

それを「顚覆と言っても武力を持って闘うわけではない。改良改革と同じだ」と平島が言った会話を思い出した。広中は花香たちの半分ふざけ事と思っていたので、満足に文面も確認せず署名したものであった。だがあの書類は後からそれを見た同志の佐々木宇三郎が「こんなものを書くものではない」と言って、川へ捨てたと聞いていた。どうして出てきたのだろうか。広中は疑問に思った。

その後、広中は「顚覆ではない」と否定したが尋問は三日間続けられ、広中たちは国家に対する重大な犯罪である「国事犯」と決めつけられた。つまり若松警察署は喜多方警察署襲撃事件で広中を拘束し取り調べたが、群衆を扇動したという証拠を立証できなかったので、昨年の夏に無名館で交わした「盟約書」を取り出してきたのである。

若松警察署と喜多方警察署に検挙された者は千人以上に及んだが、大部分の者は罪を認め罰金を払って釈放された。結局五十七人の者が「国事犯」及び「兇徒聚衆教唆罪」として東京の高等法院に送られることになった。赤城や山口など道路建設工事の反対運動を指導した者と、広中などの「盟約書」に関わった者である。

二月三日になって広中は若松を発った。いよいよ東京へ送られることになったのだ。前後十数人の巡査などが警護していた。途中で自由党員に広中が強奪されるとの噂があったからである。最初の日は大雪で寒さ厳しく、馬に乗ったり歩かされたりした。

勢至堂で一泊し、白河に着くとまた大雪で二日ほど牢獄に泊まった。福島県側では寒いのに毛布も与えられず、寝るのにも荒縄を強く締めつけたままなので苦しかった。白坂で栃木県の警察に護送が変わったら、縄を緩めて毛布をかけてくれた。さらに宇都宮では風呂にも入れてくれ、食事も福島とはまるで異なってよくなった。東京の鍛冶橋監獄に着いたのは九日で、獄舎は独房で外部との面会や差し入れは禁じられ、見張りも厳重だった。

やがて高等法院の裁判が開始され、獄舎から裁判所までの往復には覆面頭巾を被せられた。高等法院は国家への内乱や反逆を裁く特別な裁判所で、本裁判の前に予審裁判が行われた。この予審裁判で会津の事件に関したとして裁かれた五十一人は、証拠不充分で四月十二日に全員無罪釈放となった。

つまり喜多方警察署への抗議集会を、若松の裁判所では警察署襲撃事件として「国事犯」にされたが、高等法院大審院長の玉野世履という当代一流の法学者は、三島が証拠とした「兇徒聚衆教唆罪」を認めなかった。

広中は仲間の無罪釈放を聞き、ほっとした。と同時に自分たちの裁判も明るい方向に向ってくれればと、ほのかな望みを抱いた。だが広中ら六名は「内乱の陰謀を為したる犯罪」で高等法院の本裁判で裁かれることになった。

広中らの裁判は無理に罪を着せるため手間取ったのか、三ヶ月後の七月十九日から行われた。問題は無名館での「盟約書」であった。この「盟約書」は無名館の小使いをしていた田村暁雲の密告によって発覚し、拷問によって取り調べられた平島、花香らの自白から証拠だてられたものであった。原書は仲間の佐々木宇三郎が無名館から持ち出し、千切って川へ捨てたのでなかったのだが、若松警察署で平島や花香は厳しい拷問を受けて、実在しない「盟約書」を記憶によって書かされた。それだけにその盟約の「政府顚覆」も被告六名の記憶が曖昧であった。

検察は「顚覆の字は内乱を企てることであり、被告たちは内乱陰謀による武力行使を密議していたもので内乱罪は明白である」と主張した。

これに対して広中たちには星亨、大井憲太郎という自由党の弁護士がついていたので、「この盟約書は証拠となる原書もなく、警察で無理に書かされたものである。たとえこのようなものがあったとしても、その内容はお互いの民権運動の結束を誓ったもので、決して政府顚覆とか内乱を企てたものではない。その証拠に被告人たちは武器を集めたり傭兵を募ったりもしておらず、全員無罪である」と弁護をしてくれた。

だがこの裁判の目的は、自由民権運動の最高幹部である河野広中を、事件の首謀者として投獄することにあった。だから盟約書の「政府顚覆」という文字をどう解釈するかなどは問題ではなく、その「盟約書」をもってどれだけの刑にするかだった。検察が主張するように政府顚覆の内乱を企てたとすれば最高刑は「死刑」だ。現に三島は高等法院に広中の死刑を要求したと言われた。死刑に次ぐものは無期流刑、有期流刑、重禁固、軽禁固である。

検察側は内乱の準備をして着手に至っておれば死刑だが、まだ準備もなく内乱予備にも至っていないので「有罪流刑」を求刑した。裁判は八月二十八日に結審し、九月一日に求刑より二等減ぜられて、広中は国事内乱罪の主犯とされて軽禁獄七年、平島、田母野、愛沢、花香、沢田たち五名は軽禁獄六年の判決であった。

愛沢は「ただ紙に書いただけで実刑とは何ごとだ」と息まいていたが、広中はこの判決に安堵した。彼は刑事の求刑だった「有罪流刑」を覚悟していた。それは政府が自由民権運動の最高幹部である板垣と後藤を海外に追って、自分を投獄することが裁判の目的だと覚悟をしていたからである。

判決の言い渡し後、田母野たち四名は石川島監獄に投獄されたが、広中と愛沢はそのまま鍛冶橋監獄に止められた。まだ「官吏侮辱罪」があるとのことだった。
広中たちの有罪判決と投獄は、早速自由党の「自由新聞」によって世間へ報じられ、多くの仲間から激励の手紙や見舞いの金銭など差し入れがあった。普通の犯罪は刑が確定して投獄されれば世間の者は批難するのに、広中たちは無実の罪で政府から無理に投獄された、政治的災難者として同情されたのである。

明治十六年（一八八三）の十月になって、石川島監獄に投獄されている花香恭次郎から手紙が届いた。封を切ると囚人用便箋に「田母野秀顕君が流行の熱病に罹って病床に臥し、監獄内の病院に移された」というものだ。田母野はあの事件の時、喜多方警察署への抗議集会に参加し、あの夜は赤城宅での会議にも同席していた。そしてその夜赤城宅を襲った警察には運よく捕縛を逃れ、その後しばらく喜多方で知人宅に潜伏していたが、会津では警察の目が厳しく居場所がなくなった。福島でも多くの仲間が拘束されたとの情報もあり福島も危ないと感じ、彼は厳寒の険しい奥羽山脈を越えて米沢に逃げた。それから仙台へ行って「東北七州会」で知り合った同志に匿われ、十二月下旬になって仙台も危ないと、塩釜港から汽船に乗って東京へ逃れた。だが翌年の一月十日に鍛冶橋から築地の方へ歩いている所でついに警察に検挙された。

その後東京から若松警察署に戻され、厳しい拷問と取り調べで田母野の身体は衰弱した。さらに厳寒の時期に東京へ送られて、高等法院での裁判や取り調べに彼の衰弱した病身は耐えきれなかったのである。

広中は田母野が病気でも監獄が別で見舞いに行けず心配し、ただ病状の快復を祈っていた。だがその後、花香からの手紙で「田母野さんは十一月二十九日に亡くなった」と知らされた。広中は驚きのあまり、目の前が真っ暗になった。同じ三春で育った子供の頃からの腕白仲間である。自由民権運動では信頼できる盟友であった。広中の代わりに会津へ応援に行って清水屋事件で傷つきながらも、熱心に自由党会津部を支援していたのだ。厳寒の時期に会津から米沢、仙台へと山岳地帯を逃亡し、逮捕されてからの厳しい取り調べと、拷問によって体力が衰弱しての病死である。同じ獄舎なら会いにも行けるものを、広中は一人涙を流し、盟友の死を悔やんだ。

十二月四日になって広中と愛沢は「官吏侮辱罪」が解かれ、俄かに石川島監獄に送られた。広中はもしかして田母野の遺骸に焼香できるかと思った。だが石川島監獄に着いてみると、田母野の遺体はすでに運び出されて焼香はできなかった。

そこで広中は花香や平島たちに会うことができた。彼らは田母野が病に臥せった時から、見舞い、その死を見届け焼香していたので、涙を流し田母野の獄中での死を悔しがっていた。

彼らの話によると、四月に釈放された苅宿仲衛が浪江に帰らず東京におり、時々差し入れに来てくれていたので、花香が田母野の死を苅宿に手紙で知らせたのであった。そこで苅宿が自由党の仲間と遺体を引き取りにきた。その時当局から「犯罪人なので葬儀をしてならん」と言われたそうだが、十二月一日に自由党本部の寧静館において、盛大な自由党葬を行い、谷中天王寺の墓地に埋葬した。

田母野の死から葬儀の様子は「自由新聞」が連日報道したので、全国の仲間から沢山の手紙や香典が自由党本部へ寄せられたとのことだった。広中は葬儀に参列できなかったので、獄舎の中から盟友の冥福を祈った。

監獄での懲役囚には労役が義務づけられていたが、広中たち禁固囚には強いて労役の義務はなかった。彼らは毎日仲間が差し入れてくれた本を読んだり座禅をしていた。特に三春の高乾院住職の岡大救から送られた禅書を愛読した。

そんな時広中は、故郷に残した老いた母親や妻子のことを心配し手紙を出すと、母から分厚い手紙がきた。最初は広中の身を案じる労りの文面であったが、最後の方に広中にとって衝撃的なことが書いてあった。

「タミが河野家を出ていったので、孫二人は自分が世話をしています」というものだった。

広中が家庭を顧みず、政治活動ばかりしているので、妻のタミはいつも不平を並べていた。広中の刑が決まり投獄となったので、もはや我慢もこれまでと家を去っていったのかもしれない。広中はタミと若松県に奉職していた若い時に結婚し、娘のタカと息子の広一が生まれていた。常葉や石川に住んでいた頃はまだしも、最近は東京、福島と飛び回り満足に家に帰っていないし、生活費も入れていない。監獄に収監されていなければタミに会って話もできたのだが、獄舎の中では何もできなかった。広中はこの時になって初めて、妻に「すまない」と思い、二人の子供が哀れになった。今まで満足に遊んでもやれなかったし、小遣などを与えたこともなかった。

広中は老いた母親に子供を預け申し訳ないと返書に書いた。だが妻が去ったことについては何も書かなかった。

「自分には七十代の老いた母親と九歳の娘と六歳の息子がおり、自分が入獄したことで、家族は困窮しております」

広中は面会に来た新聞記者に話したので、「自由新聞」が広中の家族のことを大きく取り上げ報道してくれた。そこで困窮している広中の家族に援助をしようと、見舞い金を広中の実家に届ける者も沢山いた。特に自由党幹部の後藤象二郎は広中の留守家族に金銭的援助をしてくれ、その上に息子を預かって養育してやろうとまで言ってくれた。だが広中の母親が孫を手放さなかった。

この頃自由党本部では党を解党するとの話が盛り上がっていると、差し入れに来た同志の者が広中に教えてくれた。欧米の視察から帰った板垣が、急進的な運動を批判し、自由党の解党を言い出した。そのことで激しい議論になり、その後の臨時大会で解党は撤回されたが、自由党は穏健派と急進派に分裂しているとのことだった。

広中たちは心配したが、獄中ではどうすることもできない。脱獄して真相を確かめようと密議をしている時、大久保利通の暗殺に関与していたという者が脱獄したので、当局の監視は一段と厳重になった。さらに広中たちの脱獄計画も漏れたのか、国事犯囚を東京に置くのは危険だと、広中たちは仙台へ移されることになった。

明治十七年四月二十八日、広中らは東京から横浜に送られ、船で塩釜港に上陸し、仙台の宮城集治監に投獄された。

ここでは三畳ばかりに仕切った独房に入れられ、囚人同士の往来は厳しく禁じられた。東京より東北へ行けば、監獄の取り締まりは緩やかになるのかと思っていたら逆であった。典獄の安村治孝は残忍酷薄な扱いをすることで有名な男だったのである。

広中は、ここでも労役を拒否しようと思ったが、なにもやらず三畳敷で本ばかり読んでいたのでは健康に悪いので、平島と和紙をつくる楮を搗く仕事をやった。獄舎の庭に大きな臼を置いての仕事だった。他の者は土木や煉瓦工場の仕事をやった。一日五銭もらえるので、それで安倍川餅などを買って食べるのが楽しみであった。

一年ほどして典獄の更迭があって高山一祥という新しい典獄がやってきた。彼は温厚な方で囚人同士の往来を許し、すべてが寛容であった。広中たちは毎日一つの部屋に集まり談笑をしたり本を回し読みすることができた。広中は規則を守って服役していたので、模範的な囚人として全体を取り締まる「総監取締」という役に就けられたりもした。


茨城県で自由民権を唱える過激な若者たちが、何か重大な事件を起こしたと広中たちが聞いたのは、明治十七年の秋半ばであった。だが詳しいことは監獄の中ではすぐには分からない。広中は面会に訪れる仲間にその情報を調べてくれるように頼んだ。その結果、質屋などの豪商を襲っての強盗や、爆弾を使って警察署を襲撃し、巡査が亡くなり怪我人が出た恐るべき事件だと知らされた。広中は自分が指導した福島県の者でなければよいがと心配し、真相を知りたいと焦った。

高山典獄が来てからは外部の者からの差し入れや手紙のやりとりも厳しさがなくなったので、広中たちは情報の交換が容易になった。そして茨城での事件が判明した。事件は広中が心配していた通り、広中の甥の河野広体や琴田岩松など、三春の「正道館」で学んだ者たちが中心であった。

彼らは喜多方の事件で福島県内の自由民権活動家がすべて拘束され、県内での運動が不可能になったのを憤り、もはや言論だけでは闘えないと判断した。彼らは実力行使以外にないと会津や県外の賛同者を募り、二十人ほどで爆弾をつくり藩閥政府打倒を計画した。勿論二十人ばかりでは政府を打倒はできない。それでも二十人で大事件を起こし、命は捨てても革命の先駆けになろうとした。

まず、最初の襲撃目標は三島通庸が福島から赴任した栃木県庁であった。明治十七年福島県令から栃木県令となった三島は、栃木県でも土木工事を優先し、早速栃木県庁を新築した。そして新県庁舎落成式に政府高官を招き盛大な式典をすることとなった。広体たちはその式典を襲撃し、爆破しようと計画したのだ。

だが重大事件を計画し決行するのには、行動があまりにも幼稚だった。事件決行の軍資金調達に入った東京の質屋では、家人に騒がれて逃走したが、仲間が警察に捕まり失敗した。警察分署襲撃も、爆弾を使用し怪我人を出した揚句に仲間が拘束された。また爆弾製造では火薬が破裂するという事故を何度も起こして、仲間が負傷した。その上加波山に立て籠って、革命決起の檄文を方々へ配って藩閥政府打倒を訴えたが、賛同する同志は集まらなかった。いつか警察に追われる身となり、全員が警察に逮捕された。

この事件は各地の新聞で大きく報道されたが、爆弾を使用した過激な彼らの行動に同情する者はなく、福島事件で投獄された広中たちを英雄視した「自由新聞」も「加波山暴徒」と事件を批判した。この事件で死刑になった者が七名もおり、他の者も大部分が無期刑であった。広中はこれらのことを知り、自分の教育した若者たちの悲惨な結末に断腸の思いであった。この事件で広中の甥の広体は無期懲役となった。

加波山事件があった頃、全国的に自由民権運動から過激化した者たちの事件が続いた。高田事件、群馬事件、秩父事件、飯田事件、名古屋事件、静岡事件などである。これらは政府が自由民権運動を壊滅させようと、集会条例や新聞条例、出版条例、保安条例などを強化し、次々と取り締まりを厳しく行った結果、自由民権運動に行き詰まった者たちが最後の抵抗として起こした事件だった。

これらの事件によって、自由民権運動は過激な暴力集団と政府は宣伝し、新聞も書き立てた。その結果自由民権運動は国民からも非難され、見放されていった。さらに自由党の解党や分裂騒動から自由党内部も弱体化し、憲法発布や国会開設が政府側から公表されると、自由民権運動は目標を見失うものとなった。

そんな中で、かつて反政府運動を指導した政党幹部がやがて政府首脳と妥協し、政権中枢に入り込むようになった。明治十四年の政変で伊藤博文に追われて野に下り、改進党を組織して反政府活動をしていた大隈重信は、かつての政敵伊藤内閣の外務大臣として入閣した。さらに伊藤についで首相となった黒田清隆内閣には、広中も世話になった自由党幹部の後藤象二郎が逓信大臣として入閣した。

そして広中と激しく対立した三島通庸は、福島県令に就任した時に公約した通り、自由党福島部を壊滅させ、福島から栃木県令へ転勤した。さらに彼は内務省の土木局長や警視総監となり、子爵に列せられ華族にまで出世したが、明治二十一年に五十二歳で病死した。広中はかつての政敵ではあったが、彼の早すぎた死に複雑な気持ちだった。

広中が獄中に収監されている六年間に、世の中は大きく変動していたのである。

第十二章　出獄から政治活動へ

明治二十二年（一八八九）二月十一日、大日本帝国憲法が発布された。宮城集治監に収監されていた河野広中をはじめ、愛沢寧堅、平島松尾、沢田清之助、花香恭次郎ら五名はその大赦令によって翌日の十二日に、監獄から出獄できることになった。

「よかった。おめでとう」

最初に祝福してくれたのは高山一祥典獄だった。彼は出獄の前日の晩に、広中たちを官舎に招いてくれた。集治監長である典獄の官舎に囚人が招かれるなど、前例のないことだったが、典獄は風邪気味なので獄舎に行けないから、官舎に呼んだとのことである。

「本日、大日本帝国憲法が発布されたので、おまえたちは明日にも釈放されるだろう」

高山典獄は穏やかな表情で言った。病気の気配など微塵も感じられない。典獄は広中の人物を高く評価していたから、特別に対応してくれたのかもしれない。

「ありがとうございます。満期までは覚悟をしておりましたので、出獄できるなど夢のようです」

広中たち五人は、赤い囚人服のまま畳に正座してお礼を述べた。

「憲法発布の大赦も、君たちの長年の運動のおかげだよ」

高山は、広中たちの憲法制定と国会開設運動に、理解を示していたのだった。

「典獄どのには大変お世話さまになりました」

「いよいよ日本国も憲法をもって国会を開設する。民主主義国家の仲間入りだ。これで西欧諸国と肩を並べる先進国となったわけだ。それで、これは君たちの長年の運動の成果だから、ささやかだが私からのお祝いのご馳走だ」

高山家の者が安倍川餅を広中たちの前に運んできた。

「まだ囚人の身の私どもに、こんな素晴らしいご馳走をありがとうございます」

広中は礼を述べて、早速ご馳走になろうとお膳の箸を見ると、あまりにも小さい。まるで三月節句のお雛さまの箸のようだ。この小さな箸で安倍川餅をどのようにして食べるのか迷った。すると平島や愛沢も考え込んでいる。

「どうしたのだ?」

「いや、長いこと囚人用の大きな箸で食事をしていたので戸惑いました。箸を持っての食事の仕方を忘れていたのです」

広中の話に皆がどっと笑った。獄舎では太くて長い竹の箸で、囚人椀の中に固まった飯をほじくり出して食べていたからだ。

「もうすぐ出獄ですから申しますと、食事の時に固い飯は最初困ったものですが、固く詰めたものは量が多いので、腹が空かず歓迎しました。やわい飯はすぐ腹が減ります」

六年にも及ぶ留置所や獄中での思い出話に、皆がまたどっと笑った。

「いやはや、長い間ご苦労さまでした」

高山典獄は立派な人だった。畳に正座をして労ってくれた。

次の日、高山典獄から正式に出獄を言い渡され、昼頃釈放された。明治十五年十二月一日の検挙から満六年三ヶ月の拘束であった。広中はすでに四十歳になっていた。俄かの釈放であったが、宮城県内の民権活動の仲間が広中たちの釈放を祝って出迎えてくれた。

「仙台の町は、頭ばかり大きな子供がいる所だな」

愛沢が言ったのでよく見ると、子供たちは足が短いのに頭ばかり大きい。

「いやおれも変だと思っていたが、我々が獄中で大人ばかり見ていたからだろう」

平島が言ったので広中も納得した。

「これでは浦島太郎と同じだな」

その夜は仙台の台翠館へ泊まり、仙台の同志が出獄を祝ってくれた。そして次の日は福島の仲間たちが歓迎会をやった。

さらに二本松では平島、沢田の地元なので盛大に出獄歓迎の祝賀会が開かれ、三日ほど滞在した。広中たちが三春に帰ったのは十七日であった。田母野が獄死して欠けたのは残念だったが、平島、愛沢、花香、沢田たちも三春まで一緒だった。

当日は大雪で沿道に雪が積もっていたが、阿武隈川の小泉橋から三春町中までの二里ほどは、近在の多くの者たちが歓迎に出てお祝いの餅を撒く者もおり、人力車に乗った広中たちは手を振り歓迎に応えた。また三春町では八幡町の広場に翠の杉葉でアーチをつくり、大勢の町民が広中らの出獄を祝福してくれた。

「広中さん、出獄おめでとうございます。長い間ご苦労さんでした」

地元の人たちは親しみを込めて広中さんと呼び、歓迎をした。出迎えの方々と言葉を交わし握手をしていると、母のリヨと姉のシゲの姿が目に止まった。人々の後ろの方で小さな身体で立っていた。

「おっ母さんと姉さまも、お迎えありがとうございます」

広中は群衆をかき分け走り寄った。

「よかったなぁ、広中」

リヨは涙を流していた。シゲも手拭いで目頭を拭いている。

「本当にご心配をかけて、申し訳ありませんでした」

「それ、父ちゃんが帰ってきたぞ。おまえらなにを隠れているのだ」

シゲに促されて子供が二人、老婆の陰から姿を現した。

「タカ子と広一か――――。大きくなったな」

広中が拘束される前には、まだ九歳だった長女のタカは十五歳の娘になり、見違えるほど大人びていたし、六歳の童子だった長男の広一は十二歳の立派な少年になっていた。

二人とも父が帰ってきたのに笑顔をつくらなかった。長年会わなかったから恥ずかしいのか、他人行儀で冷たい目をしていた。

「おまえらにも心配かけたな」

広中は子供たちに言葉をかけながらも、心底から笑顔をつくれなかった。いや子供たちばかりではない。母親や姉とも穏やかに話せなかった。心の底に引っかかるものがあったからだ。獄舎から出てきたからではない。広中の罪は破廉恥な強盗や殺人ではなく、国家権力に国民のため抵抗した政治犯である。会津の事件に関係ないのに無理やり罪人に仕立て上げられ、無実で長年服役してきたのを誰もが知っているから、多くの方々が「ご苦労さんでした」と労わってくれているのだ。

広中は家族と対面し、今まで多くの人々と出獄を喜び合ってきたのに、家族の前で言葉に出せないものがあることに複雑な気持ちになった。

その一つは姉シゲの子供である河野広体のことだった。加波山事件に参加して検挙され、本来は極刑だったのに十代なので死刑は免れたが、無期懲役で現在は北海道の刑務所に服役していた。シゲが最初に嫁いだ河野雪巖の子で、シゲが雪巖と離婚し舟田家に嫁いだ後は、祖母のリヨが育てた。小さい時から聡明な子供だったので、広中は三春の「正道館」ばかりではなく、高知の立志社まで学ばせた。広中の思想教育で自由民権運動に走り、福島事件で広中たちが投獄されたことに抗議し、加波山事件で逮捕された。

もう一つは妻タミのことである。本来ならば子供と共に、ここに出迎えていなければならない女なのだ。だが広中が獄中にいる間に河野家を去った。結婚以来、政治活動に夢中で家庭を顧みない広中に、愛想を尽かしたのかもしれない。母のリヨから手紙で知らされていたが、広中は複雑な気持ちだった。子供たちも他人行儀で、どこかうちとけないものがあった。

現在、この場には大勢の方々がいる。広中は広体のことも妻のことも口に出さなかった。リヨもシゲも同じく気にはしているのだろうが、そのことは何も言わなかった。

その夜は「三師社」があった龍穏院で、三春町長をはじめ多くの町民により広中たち五人の出獄祝いが盛大に行われた。広中は連日の歓迎祝いで、獄中にいる時よりも疲労を感じたが、それでも皆さんの歓迎に応え、感謝を述べて回った。

三春での歓迎行事が終わり、夜遅くなって広中は生家に帰った。母のリヨはまだ寝ずに起きていたし、姉のシゲも婚家に帰らず広中の帰りを待っていた。子供たちはすでに奥の部屋で眠っている。広中は家に帰ったら母や姉と話をしようと考えていたので、酒に酔っていなかった。

三人は居間で押し黙って座った。

河野家は旧家で、広中の祖父の代までは手広く商いをしていたが、父の代から商いを縮小し、兄の広胖の代には店を閉じていた。広胖が四十五歳で亡くなり次兄の広孝も亡くなっていたので、リヨは長く一人住まいであったが、数年前から広中の子供二人と暮らしていた。広中の妻子は広中が石川区長をやっていたので、長く石川町に住んでいた。その後広中が東京や福島にばかり行っていたので三春に帰っていたが、姑とは同居せず別の借家に住んでいた。

「申し訳なかった。タミが出ていくのを止められなくて」

しばらくして、リヨがぽつりと言った。

「いや、おれが悪かったのだ」

タミが河野家を去っていったのは、広中が東京の石川島監獄にいる頃だった。

「それでもタミは子供を連れて出ていくと言ったのを、おらが子供は置いていけと二人の孫を引き取ったのだ」

孫を引き取ったリヨの生活は大変である。シゲは町内に住んでいたので、老母を助けていた。また親戚の者や広中の活動を支持する仲間からも援助があった。

「おっ母にも姉さまにも、子供たちが世話になってすまなかった」

広中は頭を下げた。

「おまえが牢に入っている間、後藤象二郎さんやおまえの多くの仲間から見舞いのお金をもらったのだよ」

リヨは「災難見舞金」と書かれた受納帳を、タンスから出して広中に見せた。

「災難見舞いですか――」

広中は受納帳の題字を見て笑った。

「そうだろう。おまえは何も悪いことをしていないのに、政府のでっち上げで投獄されたのだからね。政治的災難だって、皆さんそう言っていましたよ」

広中は両手を合わせ一礼してから、丹念に帳簿を眺めた。

「こんなに大勢の方々から見舞いをいただき、本当にありがたいことです」

「それも、みんなおまえの行動を支持しているからだよ」

「それにしても、広体のことは姉さまに申し訳ありませんでした」

広中は初めて甥のことを姉に詫びた。

「広体は自分で考え行動したのだから、仕方ないよ。おまえは政府権力者と闘うのは武力でなく言論だと言っていたのに、広体は爆弾を使って豪商や警察署を襲ったのだからね。死刑にならなかったのだから、そのうち帰ってくるべよ」

広中は姉の言葉に幾分か心が安らいだ。決して加波山で決起した若者を責めるわけではないが、武装決起は無謀なことであり、これからの日本ではやるべきことではなかったのだ。広中は民権運動の中でいつも武力闘争を否定し、若者の指導をしてきた積りだったので、加波山事件は残念でならなかった。

また広中は、今回の事件で多くの仲間を死なせたことに心が痛んだ。石川島監獄で亡くなった田母野秀顕をはじめ、福島監獄では岩城の磐城慶隆と相馬の羽根田永晴が拷問で亡くなった。また福島監獄の拷問が原因で、会津へ護送中に中山村の紺野谷五郎が亡くなり、釈放されても獄舎で身体を害したのが原因で、移村の石井定蔵と荒和田村の柳沼亀吉、三春の園部好幸などが自宅に戻って亡くなった。

また大倉村の加藤宗七は国事犯釈放後、大阪事件に関与し逃亡中に長崎で亡くなっている。さらに会津や喜多方警察署に拘束された農民の中には、取り調べの拷問や獄中での寒さ、不衛生などで直接亡くなった者や、帰宅後に身体が衰弱して亡くなった者も多かった。

そして加波山で挙兵し死刑になった三春の琴田岩松、塩川の横山信六、熱塩の三浦文治、矢吹の小針重雄、相馬の杉浦吉副、そして栃木監獄で獄死した三春の山口守太郎など県内の者と、県外の保多駒吉、冨松正安たちの若者である。また死刑にはならなかったが現在も北海道の監獄で苦しんでいる、甥の広体たち十一名のことであった。

広中は、そのうちに多母野たち亡くなった者のお墓参りと、北海道の監獄に収容されているという、加波山事件の受刑者を見舞いに行こうと思った。

だが見舞いに行かないうちに、東京から後藤象二郎の使者が広中を迎えにきた。また東京では騒動が起こり、混乱しているとのことだった。

自由党は、広中が獄中に服役していた明治十七年十月に解党した。その後は後藤たちが旧自由党系の活動家をまとめて、大同団結運動を興した。だがその大同団結運動も分裂し、国会開設を目前にして混乱していた。そこで広中に調整役を頼みたいというのである。

広中は、出獄したら東京や西国の仲間へ挨拶に行かなければと考えていたので、三月に入ってから上京した。以前は東京まで徒歩か人力車などであったが、広中が獄中にいた明治二十年に鉄道が福島から東京まで開通したので、広中は座ったまま一日で東京へ行くことができた。

東京では後藤象二郎をはじめ片岡健吉、大井憲太郎、西山志澄たち同志が広中を待っていた。広中はまず自分たち福島の者の多くが投獄されたお詫びと、自分をはじめ投獄された仲間たちに、多大な差し入れなどの支援をしていただき、勇気づけられたお礼を述べた。

旧自由党の同志は上野の料亭で、盛大に広中の出獄を祝ってくれた。

「河野君に相談がある。明日の午後でも、わしの屋敷に寄ってくれないか」

祝賀会の後で、広中は後藤から言葉をかけられた。

「はい、喜んで伺います」

広中は、誘われなくとも後藤邸を訪ねようと考えていた。自分が獄中にあった時に広中の家族が後藤から金銭的援助を受け、広中が妻に去られた時に後藤は子供を引き取り、世話をするとまで言ってくれたのだ。広中はなにを置いても、後藤には礼を述べなければと考えていたのだ。

翌日の午後、広中は東京高輪の後藤邸を一人で訪ねた。政府高官の邸宅が立ち並ぶ一帯にある洋風の建物で、広中は応接間に通され、贅沢な椅子に腰をおろした。

「いよいよ来年は国会が開設されるが、その前に衆議院議員の選挙が行われる」

福島事件や出獄祝いについての話は祝賀会でやったので、後藤はいきなり政治の話を始めた。

「――――」

「そこで今から沢山の政党が準備をして運動を始めているよ。我々も自由民権運動の仲間を集めて、大同団結しようと考えているのだが、これもまた皆が勝手なことを言って困っているのだ」

広中は政治の話よりも、家族が世話になったお礼を言わなければと思った。

「今回上京したのは私が獄中にいる間、いろいろお世話になったお礼を申し上げに来たのです。あの節は大変お世話さまになり、ありがとうございました」

広中は立ち上がり、まずお礼を述べた。

「いや困っている時はお互いさまだ。特に君たちの投獄は政治的災難だ。今度は国会も開設される。君には国会議員になって活躍してほしいと思う」

後藤は話題をすぐ政治の話に戻した。広中は福島事件で亡くなった者や、投獄された多くの同志のことを考え、もう政治には関わるまいと考えていた。

「私はもう政治活動は辞めて、禅の修行でもしようかと考えているのです」

広中は穏やかに言った。

「なにを言っているのだよ。我々は君の出獄を待っていたのだよ。まあ長いこと娑婆から離れていたので、そんな気にもなったのだろうがね。実は君の留守中に、国政も我々の運動も大きく変わったのだよ」

後藤は広中の話をまるで無視したように、政界の話に夢中だった。

その話によると、自由党は混乱の末に、明治十七年十月に開かれた大阪北野大融寺での大会で正式に解党された。また自由党に対抗していた反政府政党の立憲改進党は、総理の大隈重信と副総理の河野敏鎌が党内の混乱から脱党してしまった。その上で伊藤博文が総理大臣になると、大隈重信は外務大臣として入閣し、政府側についたのである。

「大隈さんは伊藤さんより年長で上位の参議だったのに、明治十四年の政変の時、伊藤さんの画策で、政界から追い出された政敵じゃありませんか」

広中は納得がいかなかった。

「そうなのだよ、『昨日の敵は今日の友』だ」

後藤は笑って言った。

やがて後藤の女中が西洋のお菓子と西洋のお酒であるビールを持ってきた。広中はどのようにして食べるのか知らない。後藤が食べるのを真似て食べた。西洋の酒は苦味が強くてうまくない。広中には飲めなかったが、後藤はゴクリと美味そうに飲んでいる。広中は政界の話よりも、東京の上流社会の生活様式が一段と西欧化し、入獄している六年の間に大きく変化していることに興味をもった。

後藤の話は続いた。

「君も知っての通り、自由民権運動など反政府勢力は、政府が憲法を制定し国会を開設すると発表したら、それで自由民権運動の目標が達成されたと軟化した者と、あくまで藩閥政府に対抗して闘うと過激化した者に分かれた。過激化した者は武装蜂起などをしたが、福島や秩父、高田、群馬、そして加波山で起きた事件などはすべて自滅した」

「――――」

「一方の政府側は欧州先進国の政治組織、つまり国体や憲法、そして法律を調査してきた伊藤博文君が、いよいよ日本国家の基礎となる憲法制定に取りかかった。彼は旧来の慣習、伝統による支配体制の組織を破棄し、西欧流の新しい国家をつくり上げようとした。そして彼は政治改革を断行したのだよ。

まず明治維新に復活した太政官政治を改革し、新たな国家の行政機関として内閣制度を立ち上げた。つまり、古代から続いた太政大臣や左右大臣制度を廃止し、公家しかなれなかった天皇を補佐する大臣を、身分の差別なく国民が大臣になれるように改革したのだ」

「三条太政大臣は辞めたのですか」

「太政官制度が廃止されたのだから、三条卿は政治から離れた。そして伊藤君は明治十八年十二月に新たな政治機構の、内閣総理大臣になったのだ」

「大臣ですか？」

「そうだ、足軽から大臣に就任して、国政の全権を把握したのだ」

「太閤秀吉と同じですね」

「似ているが、政治機構は複雑で、権力者一人の独裁とはならない。行政を執行する内閣に対して国会を開設するからだ。その立法機関である国会は、全国民から選出された議員の衆議院と、勅任議員の貴族院を設けた二院制とした。つまり行政の内閣、立法の国会、司法の裁判を、天皇の下ではあるが独立させたのだ。

その他に陸海軍は参謀本部を天皇の直接指揮下とした。その上で伊藤君は国会や内閣を監視制御することを考え、天皇の最高諮問機関として『枢密院』を設置した。そして彼は明治二十一年四月に総理大臣を黒田清隆君に譲り、自分は初代の枢密院議長に就任した」

「だいぶ改革されていますが、自由民権の方はどうなのですか？」

広中はそのことが気になった。

「君もそのことを心配してくれるのか。わしもそうした中で自由民権運動の精神が忘れ去られることを心配したのだ。そのために全国を駆け回って分裂していた民権勢力を集結しようと、小異を捨てて大同につく『大同団結運動』を提唱したのだよ」

「そうですか」

「ところが憲法発布後に、黒田内閣総理大臣からわしに入閣するようにとの誘いがきた。わしは迷ったね。そしたら高知にいる板垣君から『入閣せよ』との電報だ。東京の同志諸君も勧めるので、わしは黒田内閣の逓信大臣となり、入閣することになった」

広中は東京に来て初めて知り、驚きであった。大隈ばかりでなく後藤までも薩長藩閥と言われた政府の一員になるのだ。

「薩摩の黒田内閣に入閣して、自由民権運動を指導できるのですか?」

広中は尊敬していた後藤の入閣が、その時は納得できなかった。

「河野君、我々が長年要求してきた憲法は制定され、国会が開設されて議会政治がわが日本国でも実施されるのだよ。自由民権運動の目的は形の上で実現した。問題は政府がそれをどう実行するかだ。政府の外で政府を監視する自由民権運動もよいが、政府の外での行動には限界がある。君たちが投獄される前の活動を考えてみると分かるだろう」

「――――」

後藤は言葉を区切った。そして西洋の煙草を取り出し、火をつけてから話を続けた。

「政府の中枢に入れる時は、政府の中から自由民権を守る行動も必要なのだよ。それに今までは薩摩と長州で占めていた閣僚に、肥前の大隈君と土佐のわしを入れた。二人とも反政府運動をしていた政党人だよ。薩摩や長州にばかり政治は任せておけない。入閣して閣内から政治を改革するのだよ」

後藤は自分の入閣理由を説明した。広中は黙って後藤の話を聞いた。後藤はビールをゴクリと飲み、また得意気に話し出した。

「憲法制定や国会開設も、公家の岩倉公や三条公などは時期尚早と反対していたが、伊藤君が政治の中枢におって実現させたのだ」

「――――」

「わしは政府の内部におって議会制民主主義を護り、民権運動の達成に寄与する積りだ」

後藤は同じことを言った。

「政府の外部からばかりではなく、内部からの民権活動ですか」

「そうだよ。わしは土佐前藩主の山内容堂公を補佐して、十五代将軍の徳川慶喜公に政権を朝廷に返還させたのだ。あの「大政奉還」だよ。誰もが驚いた。徳川家康公以来二百六十年も続いた政治の実権を、戦争に敗れたわけでもないのに慶喜公は手放したのだ。わしが薩摩の島津久光公や越前の松平慶永公を動かし、その協力を得てできたのだ。この策を練ったのは坂本竜馬君と板垣退助君だ。彼らはまだ土佐藩では身分が低かった。わしが土佐藩二十四万石の家老だからできたのだ」

後藤は西洋の酒が回ったのか昔日を思い出し、やや自慢気に話した。

「そうだったのですか」

広中も当時のことは話に聞いていたが、この目の前にいる後藤が、徳川幕府から政権を天皇に返上させたとは、俄かには信じられないことであった。それも政治の中枢にいたからだと後藤は言っているのだ。

「明治になって政府高官となったわしは工部省の大輔として、鉱山開発や造船所、製鉄所、鉄道や電信の開発などを指揮し、明治維新の殖産興業の発展に尽くしてきた。それが洋行帰りの大久保利通さんや木戸孝允さんの策謀に敗れ、西郷隆盛さんや板垣君と共に政界を去ったのだよ」

「――――」

「つまり、家老とか参議の時は政治をこの手で動かせたが、野に下ってからは何もできなかった。足軽出の伊藤君など明治維新時は小役人で、土佐藩家老出身のわしらの顔色を窺い走り回っていたのだ。それなのに政治の中枢におって出世し、今では日本の政治を自分の思うように動かしている」

「――――」

「国会が始まり内閣制度が発足しているのだから、我々は国会議員にもならなければならないし、閣内に入って大臣として政治を自分の手で動かさなければならない」

広中は後藤の考えが最初はあまり理解できなかった。だがよく考えてみると元々土佐藩の家老である。権力の中枢にいた男だ。明治維新にも新政府の元勲で伯爵の爵位を賜っている。平民の広中とは生まれも育ちも異なっているのだ。後藤の話についていけない面もあったが、広中が獄中にいた時に家族が大変世話になったのだ。無下にも反論はできなかった。

「後藤さんは政府内部で頑張って下さい」

「ありがとう、だが大同団結運動の首領を閣僚のわしはできないから、高知に籠っている板垣君にやってもらいたいのだ」

「――――」

「そこで河野君は高知に行って、板垣君を説得してもらいたいのだ」

「それは誰か他の人に頼んで下さい」

広中は、後藤のあまりにも独断的な話に呆れ返った。

「いや、この役は大役だ。板垣君を説得できるのは君しかいない。片岡君もやるよ」

「私はもう政治活動から手を引こうと思っているのです」

「それでは君の現在までの政治活動が無になってしまう。何のために自由民権運動をやってきたのかね。六年間も投獄され、何のために苦しんできたのかね。君たちの命をかけた長年の運動が実り、獄中での闘いが結実して憲法が発布され、国会が開設されるのではないのかね。君が衆議院議員になって国政の場で活躍しなければ、共に闘って亡くなった者だって浮かばれないよ」

「――」

広中は政治から手を引こうと考えて東京へ出てきたのに、いつの間にか後藤の話に乗せられようとしていた。

「私にその大役が務まるかどうか知れませんが、後藤先生のお話ですので高知に行って板垣さんに会ってみます」

「ありがとう。宜しく頼むよ」

広中は後藤の頼みもあるが、板垣に会って投獄で心配をかけたお礼を言わなければと考えた。広中は後藤の話を承諾し邸を出た。

広中は片岡と一緒に東京を出たのであったが、片岡は途中で所用があるというので遅れ、広中は彼より一足早く高知に着き、板垣邸には一人で行った。高知では電報で知らせておいたので、板垣が在宅し待っていた。

「便利になりましたね。東京から大阪まで汽車で来て、大阪からは船で高知まで来たので、二日で来ました」

「これが文明開化というものだよ。私は河野君の協力で西欧の文明国を見てきたが、日本はまだまだ努力し発展しなければならないと思ったよ」

板垣は西欧での話を始めた。広中はしばらく板垣の話を聞いてから、自分が長く投獄されて心配をかけ、お世話になった礼を述べた。

「とんだ災難だったね」

板垣は広中の苦労を労わってくれた。その後で広中は後藤の話を板垣に伝えた。だが板垣は後藤の政治活動にそれほど関心がないのか、あまり自分の考えを述べなかった。以前広中が初めて高知に来た時とは態度が異なっていた。

「まあ、そのうち東京へ行ってみるよ」

板垣は後藤の要請を承諾するとは言わなかったが、広中は彼が上京すると言ったので、板垣と世間話をして別れた。

東京へ帰ると、大同団結運動は後藤派の「大同倶楽部」と大井憲太郎たちの「大同協和会」に分裂し、星亨や大石正巳は西欧へ外遊に出て留守だった。

さらに上京した板垣は独自に「愛国公党」を立ち上げて、大同団結運動は幾つにも分裂した。

「我々の長年の運動が実って憲法が制定され、明年には国会が開設され、いよいよ衆議院議員の選挙が迫ったというのに、この有様ではどうしようもない。ここは河野君に頑張ってまとめてもらう以外にないな」

広中は、またも後藤に呼ばれて説得された。傍にいた後藤の女婿である大江卓も言った。

「この困難を救えるのは、板垣退助さんにも大井憲太郎さんにも信頼のある、河野さん以外にありません。このままでは自由民権運動を闘った同志は、国内最初の衆議院議員選挙に敗北してしまいます。何のために自由民権運動を闘って、憲法を制定し国会開設まで漕ぎつけたのか。わが国の専制政治を打破し、立憲政治を確立できるか否かは、河野さんの肩にかかっているのです」

広中は迷った。このまま大同団結運動が分裂していては、憲法を制定し国会が開設されても、薩長藩閥の専制政治が主導権を握り、わが国の政治は進展しない。日本国で初めて行われる国会議員の選挙は、政党による議会政治を確立させなければならないのだ。

さらに広中は出獄後初めて東京へ出てきた時に会った、植木枝盛や中江篤介（兆民）の言葉を思い出した。

「憲法が発布されたといっても主権が天皇にあって、こんな人民の主権を無視した非民主的な憲法ではいかん。これでは権力を握った一部の者が、天皇を利用して強権政治を行う可能性がある。あまりにも天皇絶対主義だからだ。フランスやアメリカのような国民主権の民主憲法を我々は要求していたのだ。改正しなければならん」

「また財産のある多額納税者だけに選挙権を認めた制度もいけない。成人した国民すべてに選挙権を認めるべきだ」

広中は、ここで政界から逃げるべきではないと思った。衆議院議員選挙に出るか出ないかは別として、分裂している旧自由党系の仲間を結集させる仕事がある。そして政党による真の議会制民主国家を築き上げる活動がある。また多額納税者だけに選挙権のある制度を改正し、国民すべてが政治に参加できる選挙制度へ改正しなければならない。広中はそんなことを考えると、自分にはまだまだやらなければならないことが沢山あると思った。そして広中は、まず大同団結運動を自分がまとめなければと決心した。

その後広中は、大江卓と大同協和会の大井憲太郎や中江兆民、愛国公党の片岡健吉や林有造たちと幾度も会合を重ね、旧自由党系の統一を話し合った。だが三派の分裂にはそれなりの思惑があり、そんなに簡単にまとまるものではない。

そんな時、黒田内閣は長年の懸案であった通商条約など、諸外国との「条約改正」に取りかかっていた。これは幕末に諸外国に押しつけられた、不平等条約を少しでも日本に有利な条約に改正しようとするものであった。黒田内閣の外務大臣であった大隈重信は「条約改正案」を示し、諸外国と交渉に入った。

大隈案はそれなりに努力して改正した条約だったが、その内容はまだまだ日本に有利なものではない。反政府運動を続ける者たちは反対運動に立ち上がった。

そんな中で大隈の指導で結成された立憲改進党は賛成に回った。また大同倶楽部は領袖の後藤象二郎が、黒田内閣の逓信大臣であったのでどうするか迷った。広中が後藤の意見を聞くと、後藤は閣僚だがこの条約改正には反対だったので、反対運動を黙認すると言った。広中らは旧自由党の仲間と一緒に反対運動に回った。

そして事件が起きた。その年の十月十八日に大隈外務大臣が、条約改正に反対する元玄洋社社員の来島恒喜という者の投げた爆弾で、片足を失うという事件が起きた。この事件で黒田内閣は辞職し、諸外国との条約改正交渉は挫折した。だが後藤は次の山縣有朋内閣の大臣として残った。

条約改正に旧自由党系の三派が共同歩調をとったことで、旧自由党三派の大同団結交渉は前進した。板垣の愛国公党は党の趣意書を発表して西日本を遊説するなどし、大井たちの大同協和会は自由党を再興し東京で結党大会を開いた。そんな中で後藤の大同倶楽部は河野が議長となって、東京で大会を開き、三派の大同団結を改めて決議した。

広中は、神奈川の中島信行や盟友の片岡健吉の協力を得ながら三派を調停した。そして翌年の二十三年五月になって、やっと各会派が解散を約束し、新たな政党結成の準備に入ったのである。こうした広中の働きは、誰もが高く評価した。

だが第一回の衆議院議員の選挙が目前の七月一日に迫っていたので、立候補予定者や運動員は、選挙のことで頭がいっぱいだった。それぞれ地元に帰って選挙運動に走り、新政党の結成どころではなくなった。仕方なく新たな政党の立ち上げは選挙後として、一応三派で「庚寅倶楽部」を組織し、各自選挙区に帰り自分の選挙を戦うことにしたのである。

「河野さんも東京にばかりいて大丈夫ですか。自分の選挙の方も頑張って下さいよ」

三派の調停を共にした中島信行が心配してくれた。

「私は選挙に出ませんから大丈夫です」

「なぜ出ないのですか？」

河野は笑って何も言わなかった。

「そんな、河野さんが衆議院議員に出てこないなんてありませんよ。日本国のために必ず出てきて下さいよ」

河野は中島の言葉に「心配いただきありがとうございます」と言って別れた。

すでに憲法が発布された年の夏頃から、旧自由党系の政党ばかりではなく、全国各地にさまざまな政党が名乗りを上げ、活発な選挙運動が始まっていた。鹿鳴館などの欧化主義に反対する保守的な政党、外国との不平等条約改正を要求する政党、そして現在の政府を支持する政党などさまざまであった。

広中はさしたる財産もなく、地租税も納めていないので「選挙権」はない。従って彼は庚寅倶楽部より立候補する議員の応援に駆け巡っていた。当時の衆議院議員の立候補資格は、直接国税である地租税を年額十五円以上納める者だけだったからだ。

第十三章　広中国会議員となる

広中が東京で旧自由党系仲間の大同団結運動に走り回っていた時、郷里の三春から帰郷を促す手紙が何度も届いた。衆議院議員の選挙準備をしなければならないというものだった。広中は中央での活動が忙しかったし、選挙人資格がないことも頭にあったので、手紙の返事も出さず帰郷もしなかった。

だがそのうちに「福島県第三区衆議院議員候補者選定委員会」から、「河野広中君を衆議院議員候補者に決定致しました」という手紙がきた。福島の地元でも、昨年憲法が発布され、衆議院議員の選挙が確定してから、選挙活動が活発になっていたのである。

福島県は選挙区が五区に分かれ定員が七名と発表された。一区は信夫郡と伊達郡で定員は一名。二区は安達郡と安積郡で定員は一名。三区は田村、石川、岩瀬、西白河、東白川の五郡で定員は二名。四区は会津全郡で定員は二名。五区は浜通り全郡で定員は一名であった。

それぞれの選挙区では政府系も反政府系も、候補者がまとまらない乱戦模様で、あまり政策や政党は意識されていなかった。地域のリーダーたちが「我こそは」という意気込みで、立候補しようとしていた。だから定員が一名の選挙区に、同じ政党の者が幾人も立候補すると騒ぎ立っていた。旧自由党系も混乱していた。中央が混乱していたのだから当然である。

そんな中で三区では「候補者選定委員会」なるものを組織して広中を推薦したという。定員が二名なのだから広中の他に誰を指名したのか、広中はその経緯を知らなかった。それでも土佐の植木枝盛などが、福島県内で旧自由党系の応援演説をやっているなどと聞くと、自分も福島の者の応援に帰らなければならないと思った。

広中は「庚寅倶楽部」を結成し、中島から衆議院議員選挙に立候補を打診されてから、なんとなく焦りを感じ帰郷した。

「あぁよかった。河野さんが中央から帰らないので、皆さん心配していたのですよ」

広中が母親と子供たちの住んでいる三春の生家に帰ると、同じ三春町内に住む同志の松本茂が、広中の帰宅を聞きつけやってきた。彼も福島事件では東京の高等法院まで送られたが投獄されず放免され、現在は田村郡の町村会議員であった。

「いや、心配かけてすまなかった」

広中は帰宅したばかりで、まだ家族とも満足に話をしていなかった。郡山駅で降りて人力車で帰ってきたから、誰かが目撃し松本に教えたのだろう。

「とにかく、今はもう選挙のことで誰もが大騒ぎですよ。多額納税者の制限選挙だから県内では一万三千人しか選挙権はないが、初めての国会議員の選挙なので、九十五万の県民みんなが関心を持って騒いでいます」

「そうか、それで誰が立候補するのだい？」

「この三区では、三春から河野広中さんと影山正博さん。それに石川の吉田正雄さんと須賀川の鈴木万次郎さんです」

「おれはまだ出るなんて言ってないよ。それで余所の方は誰だい？」

広中は衆議院議員選挙に出ないと言いながらも関心はあった。

「福島では阿部正明さんと小笠原貞信さん。二本松では平島松尾さんと安部井磐根さん。会津では山口千代作さんと三浦信六さんと安瀬敬蔵さん。浜通りは苅宿仲衛さんと岡田健長さんです」

「ほう、たいしたものだな。しかし定員一名のところに旧自由党系から何人も出たら、改進党や帝政党など余所の党からも出るのだから、共倒れになるだろう」

「そうですね」

広中が松本と選挙のことを話していると、また来客があった。近所で薬種業を営む安積三郎である。彼は亡くなった安積儀作の息子だ。彼も広中の帰宅を聞きつけ、仲間の三輪正治などを誘ってきたのだった。

「河野さん、やっと帰ってくれましたか。衆議院議員の選挙は七月一日なのですから、あと一ヶ月半ですよ。皆さん気をもんでいたのです」

安積は田村郡から出ている県議会議員であった。三区で議員候補者の選考委員をしていたのだろう。何度も手紙を寄こしたのも彼である。

「おれが出なくたってこの三区からは、影山さんと吉田さんと鈴木さんが出るじゃないか。定員が二名なのに旧自由党系から三人では多いのだよ。おれが出たら四人だ。それに政府系の吏党など余所の党からも出るだろ」

「選考委員会では河野さんだけを推薦したのです。出たいと言っている他の三人については一応調整をして一名にします。定員は二名ですからね」

安積は弁明しながら説明した。

「無理しなくてもいいよ。どちらにしてもおれは選挙に立候補する資格はないしな」

「そのことなら大丈夫です」

安積は広中の心配する、納税額による選挙資格のことを言った。

「私や松本さん所有の山林と田畑を、河野さんの名義にしておきました。勿論地租税も私たちですでに納税しておきました」

「河野さんが衆議院議員に立候補する資格は整えてあります。心配いりません」

　松本が笑顔で言った。

「そこまで無理をしなくたっていいよ。おれは国会議員にならなくとも国家国民のためにやる仕事は沢山ある」

「それは分かっております。でも国会議員になったのと議員でないのとではできる仕事が異なります」

　安積は自分も県議会議員をしているだけに、議員の資格があるかないかで、知事や県庁職員からの対応が異なるのを知っていた。地元の三春に帰っても県議会議員ということで一目おかれているのだ。

　広中は迷った。確かに政党の本部での発言力も行動力も、国会議員とただの党員では異なるかもしれない。選挙が終われば分裂している三派が結合して、新しい政党を立ち上げなければならない。現在はなんとか「庚寅倶楽部」としているが、結党まではまだまだ問題がある。広中はその問題を調整し、まとめ役とならなければならないのだ。彼が指導力を発揮するのに、国会議員としての肩書は必要かもしれない。

「広中――」

部屋の隅で話を聞いていたリヨが広中を呼んだ。

「何ですか?」

「おまえが命を懸けて闘ってきた国会が開設され、議会政治が始まるのだ。皆さんがこれほどまでに言って下さるのなら、議員として思う存分国政の場で働いてみるのもよいのじゃないかい」

リヨは、やや控えめに言った。広中の妻や親族の者たちの中には、彼の政治活動を批判的に見ている者も多かったが、母のリヨだけは息子の政治活動に理解を持っていてくれたのだった。

「母さんがそこまで言ってくれるのでは、皆さんの厚意に甘えてやってみるか」

広中は母の一言で、衆議院議員に立候補を決断したのだった。

「よかった。お母さんありがとうございます」

松本と安積たちも手を叩いて喜んだ。

「でも、あなたたちにも迷惑をおかけし、お世話になりますね」

リヨは遠慮がちに言った。

「なにも心配することありません。私どもがお願いをしているのですから」

「土地や納税のことで世話になり、今度は選挙となるといろいろ大変でしょうに。皆さんにばかりお世話になりますから、宜しく頼みますよ」

リヨは何度も頭を下げた。

「大丈夫です。河野さんは中央での活動や、同志の選挙応援もあるでしょうから、地元のことは我々に任して下さい」

彼らは広中の気持ちが変わらないうちにと思ったのか、立候補の決意を聞くと、すぐに帰っていった。

そしてその夜は松本たちの知らせで、三春町内の有志が大勢広中の家に集まり、広中の国会議員立候補の決断を喜び、衆議院選挙の必勝を語り合ったのだった。その中に衆議院議員に立候補の噂があった影山正博も同席していた。

「河野さんが決断してくれてよかった。私の山林も河野さん名義に書き換えるし、国税は私も出しますよ」

影山は戊辰戦争当時からの同志である。彼は福島事件で重禁固一年の判決で投獄され、釈放後は県議会議員などをやって現在は議員を安積に譲って、産馬会社を手広く営んでいた。

「影山さんも国会議員に出ると言ったのに、それは申し訳ないです」

広中は影山の手を取って礼を述べた。

「いや、河野さんが帰ってこないのではっきりしないから、それでは私がと言ったまでです」

「影山さんにはこれまでも政治運動の活動資金を沢山援助していただいたのに、また選挙のことでお世話になり申し訳ありません」

「広中が投獄されていた時も、影山さんからは生活費の援助を受けたのですよ」

リヨが説明した。

「申し訳ありませんでした。これからも宜しくお願いします」

広中は影山に頭を下げてお願いした。そして集まった多くの人たちから励まされ、また手を取り合って頑張ろうと誓い合った。

そして数日後に町内の「龍穏院」で、衆議院議員に立候補する広中を支援する「総決起集会」が盛大に開かれた。この大会には三春の支援者ばかりではなく、石川の吉田光一や須賀川、白河からも支援者が駆けつけた。さらに選挙区外から二本松の平島松尾や会津の山口千代作、安瀬敬蔵、相馬の岡田健長、浪江の苅宿仲衛など多くの仲間が駆けつけ、力強い応援演説をしてくれた。そして彼らも衆議院議員に立候補しようとしていたので、それぞれ力強い決意表明をしていた。

その後、広中は三春ばかりではなく須賀川、石川、白河、棚倉と人力車や馬で駆け回り、立候補の挨拶と選挙演説をした。どこも広中の人気は抜群で、大勢の支持者が集まり盛大であった。河野広中という政治家の姿を一目見ようと、選挙権のない者も大勢集まっていたのだった。

今回の選挙は日本で初めて行われる国会議員の選挙だったので、大部分の立候補予定者は、特別な政治方針や政策があるわけではなく、ただ国会議員になってみたいという者が多かった。彼らは政策も述べず選挙演説のやり方も知らない。自分が如何に立派な人間であるかということを知らせるために、自慢話を長々とやったり、できもしない空論を述べている者が多かった。

そんな中で、広中は中央でも名の通った政治家である。しっかりした政策を立てて演説をした。彼は議員になって何をやるのか、長年の政治活動から藩閥の専制政府を打倒し、国民の自由と権利が保障される政治を政策とした。そして国民すべてが国政に参加する普通選挙の実施を訴えた。

広中が石川へ行くと、すでに立候補を表明している吉田正雄が会いにきた。彼は石川郡川辺の大地主で県議会議員もやり、吉田光一と並ぶ石川地方の民権活動家である。

「やあ、河野さんが出られてよかった。頑張って下さい」

「ありがとう。吉田さんも頑張って下さい」

「三区は河野さんと私が当選するよう、共に頑張りましょう」

彼は吉田光一と候補者選考で争い、強引に立候補しようとしているので、旧自由党の指導者である広中の支持をとっておきたかったのだろう。愛想がよかった。

須賀川に行くと、やはり立候補を表明している医者の鈴木万次郎も会いにきた。彼の父親の鈴木俊安も医者で、河野とは自由民権運動の同志で、福島事件では国事犯として東京へ送られたが無罪で釈放された。万次郎はドイツに留学し東京の神田で医師をしていたが、須賀川に帰り衆議院選挙に立候補しようとしていた。

「河野さんには親父も世話になり、また私もお世話になります。ドイツで医学を学び西洋の文明国家を見てきた私としては、世界の中でまだまだ遅れている日本の国家を、西欧並みの文明国にしたいと思います」

若い彼は眼を輝かして言った。

「頑張って下さい」

定員が二名なのに、旧自由党系から広中も含めて三人の立候補では誰かが落ちる。お互い競争相手なのだ。広中は支援の言葉も浮かばず、吉田へ話したのと同じことを言った。

三区ではこの他に吏党の矢部重高、恒屋盛服が立候補を表明し、運動をしていた。

広中は三区以外の選挙区で立候補を表明している、旧自由党系の同志から選挙の応援演説を求められた。だが同じ選挙区に定員を上回って、同志が複数立候補しているのには困った。福島県内の選挙区は自由党系の立候補者が乱立していた。

一区は定員一名に阿部正明、小笠原貞信の二人である。それに吏党からも佐藤忠望という大物が出るとのことだった。その他に鈴木信任と無所属の渡辺明義など、県庁所在地だけに乱戦である。二区も定員一名に安部井磐根、平島松尾の二人が争っていた。吏党からは田中章も出る。彼は三島通庸が鹿児島から呼び寄せ、自由民権運動を弾圧した男である。四区は定員二名だが自由党会津部は分裂し、山口千代作と三浦信六は「会津協会」を名乗って立候補し、安瀬敬蔵は反協会派で立候補するとのことだった。この他に吏党から佐藤泰次、独立党から山川浩と激戦だった。五区は定員一名に岡田健長、苅宿仲衛の二人が出る。また民権活動をして投獄されたが、現在は吏党へ回った実業家の白井遠平が立候補し、改進党から赤坂亀次郎、中立系で室原重福と、ここも乱戦であった。そんなことで、広中は県内で仲間の候補者支援はできなかった。

六月に入って選挙日が近くなると、県外からも広中に選挙応援の依頼がきた。広中は宮城、山形、栃木、群馬と回っているうちに、東京の大江卓から上京して下さいと手紙や電報で中央にも呼び出された。

「衆議院の選挙戦において、まだ旧自由党系の三派が争っていますので、我々大同倶楽部も負けるわけにはいきません」

大同倶楽部の事務所で大江卓が言った。旧自由党系の三派は解散し、選挙後に新党を結党する約束をしていたが、各会派は自分の派で一人でも多くの議員を当選させようと競っていた。

「やはり定員を上回って、旧自由党系から何人も立候補するのですか」

「そうです。どこも乱戦です。後藤先生は大臣で動けないが、選挙後に旧自由党が大同団結する時に、大同倶楽部の議員が多ければそれだけ発言力があり、新党の主導権が握れます。それで後藤先生は、河野さんに大同倶楽部から出る候補者の応援をしていただくようにと言っているのです」

「そうですか。分かりました」

広中は自分の選挙もあったが、大江だって地元土佐での選挙があるけれども、東京で頑張っているのだ。大同倶楽部の幹部として、また世話になっている後藤のためにも協力しなければと思った。

「河野さん、ありがとうございます」

広中たちは早速選挙対策会議を開き、全国に立候補している同志の選挙状況を分析した。そして幹部は手分けをして、激戦区の候補者を応援することにした。広中は自分の選挙を三春の同志に任せ、関東から東北、北陸と仲間の候補者を応援して回った。

その後、広中は立候補の届け出に三春へ帰った。

「いつも留守にしていて申し訳ない」

「大丈夫ですよ。我々がすべての手続きをやっておりますから、河野さんは当選確実です。他の方の応援に頑張って下さい」

広中が詫びると、安積や松本たちは自信満々という笑顔で言った。

「その他の候補者はどうだい」

「告示間際になって、影山正博さんが急に立候補を表明したのです」

「どうして？」

広中には驚きであった。彼がそんなに衆議院議員選挙に出たかったのなら、広中は出なかったのである。影山家は先祖からの豪商で薬種業や金融業などを手広くやった他に、正博は産馬会社を立ち上げ、須賀川にまで進出していた。広中も、これまでなにほど金銭的に援助を受けたか知れない。経済的に恵まれた富豪だったので、県議会議員もやったし国会議員にもなってみたかったのかもしれない。

「影山さんは最初、三春から松本芳長さんが県議会に出ていたのに対抗して、県議会議員になったのです。その後何期か務められていたので、三春で活躍していた私に県議会議員を勧める町民があって、私が明治二十一年の一月に県議会議員に当選し、影山さんは落選したのです。それで今度は国会へと野心を伸ばしたのでしょう」

安積は影山を批判して言った。

「そうだったのか」

「三春からは河野さんが出るのだから、もう一人は石川か須賀川へ譲ったらと説得もしたのですが、立候補の意志は固いようです」

「いいだろう。出たいと言うのなら。もしかすると三春から二人とれるかもしれないぞ」

「それは無理です。今のところ河野さんの他に、須賀川の鈴木さんが優勢です」

「石川の吉田さんは苦戦か?」

「まぁ、開いてみないと分かりませんけれどもね」

安積は笑って言った。

広中は衆議院議員に立候補の手続きを済ませると、また東京へ出ていった。大同倶楽部候補議員の応援のためである。そして選挙投票日の前日に三春へ帰ってきた。

「選挙の手応えは充分です。皆さんの関心は河野さんの他に誰が当選するかです」

「三区の票は河野さんに集中しておりますので、他の方は少数で当選するでしょう。河野さん以外の五人はどんぐりの背比べで、激戦です」

広中の選挙事務所である龍穏院には多数の支持者が集まって、投票日は明日なのに当選祝いの雰囲気だった。酒樽なども幾列も重なり、支持者たちは昼から酒を飲んでいた。

次の日の七月一日、いよいよわが国最初の衆議院議員選挙が実施された。全国で初めての国政選挙だけに、混乱や戸惑いもあった。

投票は各地区の集会所や寺などで行われ、町村ごとに町村長が責任を持って開票した。そして各郡役所がそれをまとめ、三区では須賀川で県庁の選挙係が警察官立ち合いで集計をした。

広中の選挙事務所では、県議会議員の安積三郎が数人の仲間を連れて須賀川へ出張し、県議会議員という立場で選挙関係者に接触して情報を集め、次の日の昼頃には「河野広中当選確実」などと、広中の選挙事務所に電報で知らせてきた。

「当たり前だ。何票入ったかと、誰が当選したかを知らせてほしいのだ」

選挙については、広中が当選するのは誰もが信じ込んでいたから、選挙の結果を知りたかったのだ。

当時はまだ通信網や交通手段が発達していなかったので、全国的には開票の結果が分かるまで三日もかかったが、福島県の三区では次の日の夕方までに選挙結果が集約された。広中の選挙事務所へは須賀川に出張していた安積たちが、七月三日の夜半になって選挙結果を知らせてきた。彼らは須賀川から馬で駆けつけたのである。

龍穏院で夜遅くまで、報告を待っていた多くの支持者たちは、安積の報告を一言も聞き洩らすまいと耳を傾けた。

「河野広中さんは、三区の票の半数以上を獲得して当選されました」

安積は流れ出る汗を拭こうともせず、本堂の縁側に立つと、屋内にいる者だけではなく、境内に集まった多くの者たちにも聞こえるように、大声で報告をした。

「選挙の得票結果は、河野広中さんが千五百二十六票で当選。次に須賀川の鈴木万次郎さんが六百四十票で当選。石川の吉田正雄さんは四百三十八票で次点。つまり落選です。吏党の矢部重高は三百五十一票、恒屋盛服は二百六十七票で共に落選しました。三春から無理に立候補した影山正博さんは、出遅れもあって百五票です」

集まった者たちからは盛大な拍手と歓声で、寺院の内外は喜びに湧き上がった。誰もが当選は信じていたが、これほどの票が入るとは思わず、予想以上の大得票だったのだ。広中は支持者から祝福攻めであった。誰もが広中の当選を喜んでいたが、影山の惨めな敗北については語る者もいなかった。

「三区以外の当選者は誰だったか分かりますか」

祝いの酒を飲みながら、安積に訊ねる者があった。

「県内の選挙結果は福島に行かなければ分かりません。三区の結果だけ聞いて、すぐに馬を飛ばしてきたからです」

「詳しい情報は分からないが、ちょっと耳にしたのでは二本松の安部井さんと会津の山口さんが当選したと聞きました」

安積と共に行った者が報告した。

「すると二本松では平島さんが落ちたか。正確な情報が知りたいな」

広中はどちらかと言えば、獄中を共にした平島の当選を願っていたのだった。

次の日の夕方までに県内の正確な選挙結果が龍穏院に知らされた。安積は疲れているだろうと、松本茂が仲間と県庁まで馬を飛ばして正確な選挙結果を調べてきた。

その報告によると、一区は旧自由党系の阿部正明と小笠原貞信が共倒れで、吏党の佐藤忠望が当選した。二区は噂の通り安部井磐根が当選し、平島は九票差で落選した。四区は同志の山口千代作と三浦信六が揃って当選し、安瀬敬蔵と吏党の山川、佐藤は落選した。五区は同志の岡田健長と苅宿仲衛が共倒れで、白井遠平が財力にものを言わせて当選した。

「県内では旧自由党系が五名、政府系が二名ではまずまずだな」

広中は笑みを浮かべて言った。平島や安瀬や岡田が入らなかったのは残念だったが、定員を超えての立候補だから仕方がなかった。

広中は次の日から、三春ばかりではなく石川や須賀川、白河などへ当選のお礼に駆け回った。さらには県内の同志の当選祝いにも出席した。そうした中でも、広中の頭の中は中央でのことが気になってならなかった。

福島県では一応勝利したが、全国的にはどうなのか。大同倶楽部では誰が入り、誰が落ちて何名当選したか。さらには旧自由党系はどうなのか。政府系や中立系などは。日本で最初の国政選挙の結果が気になった。


広中が汽車で東京へ駆けつけると、大同倶楽部の事務所には後藤象二郎が陣取り、植木枝盛や大江卓など多くの仲間が集まっていた。

「当選した議員の政党所属がまだ曖昧で、新聞などは政党別当選者を報道しているが、各新聞の報道人数が異なっていて、正確な選挙結果は誰も分からんのが現状だよ」

大江が教えてくれた。

「そうですか。それはそうでしょうね。立候補の時から政党を名乗らなかった者も沢山いたのですから」

「それに選挙後に、当選した議員の引き抜きが堂々と行われている有様だ」

「政党に所属しないで当選した、中立系の議員を勧誘するのですか」

広中は膝を前に出して訊ねた。

「それならよいが、選挙運動の時は何党と名乗って立候補し、当選したら他党へ移る者がいるのだ。それも政党幹部が甘い言葉で引き抜きしているのだ」

広中は呆れ返った。大江たちの話に続いて後藤が説明した。

「それでも我々が知り得た情報の中で、最も正確だと思える当選議員の数字は大同倶楽部が五十五名。愛国公党は三十五名だ。大同協和会が十六名で、旧自由党系合わせて百名を超えたよ」

旧自由党系では大同倶楽部が最高の当選人数である。後藤は満足気であった。

「それで政府系と反政府系はどうですか」

「確定は分からないが大まかに見て、自由党系と改進党系、その他の野党合わせて百八十名。政府系吏党が八十名。中立が四十名だ」

「三百議席のうち野党が百八十名とはよかったですね。我々の大勝利です」

「まぁな――」

広中の言葉に後藤は笑って言った。だが彼は山縣有朋内閣の閣僚である。閣僚でありながら反政府政党を指導し、躍進に満足している。大きな矛盾であった。広中は昨年後藤邸で聞いた彼の言葉を思い出した。

「わしは政府の内部におって政府を監視し、議会制民主主義を護り、自由民権運動の達成に寄与するのだ」

薩摩の黒田、長州の山縣と薩長の藩閥政府の中で、自分の政治信念を貫き通す後藤に広中は感心した。

「とにかく、これからの仕事は旧自由党系の三派が解散し、大同団結することにある。庚寅倶楽部を政党化するのだ。河野君、宜しく頼むよ」

「はい」

広中は素直に返事をした。旧自由党系の分裂を幾度も調整し、後藤の大同団結運動に協力してきたのは自分である。今後は大同倶楽部を中心に反政府政党を統合して、新政党立ち上げが自分の責務だと思った。

八月に入っていよいよ旧自由党系の三派は正式に解散し、各党派の統合について話し合いが行われた。その時三派だけでなく「立憲改進党」を含めた、反政府の大政党を立ち上げようとの意見もあったので、広中は後藤の意見を聞いてみた。

「薩長藩閥に対抗する反政府政党を立ち上げるのならば、立憲改進党をも含めた一大政党を樹立してはどうですか？」

「同志の中には河野君以外にもそうした意見はあるが、私は賛成しない」

後藤は不機嫌に言った。広中は後藤の真意を理解したのでそれ以上は言わなかった。後藤は立憲改進党を指導している大隈と不仲だった。昨年、黒田内閣で一緒に閣僚をやりながら、大隈が外務大臣として推し進めていた諸外国との「条約改正案」に、後藤は反対していたのだった。

その後「立憲改進党」との合同案は、立憲改進党の中にも反対する者があり、まとまらなかった。それでも広中は旧自由党の三派だけでなく、九州勢など多くの会派の参加を呼びかけ、それらの代表と何度も話し合いを重ねた。その結果、八月二十五日になって解散前の大同倶楽部、愛国公党、大同協和会を改名した自由党の三派と、それに九州同志会、群馬公議会、京都交友会などを結集して統一政党を立ち上げることに成功した。

さらに党名については「憲政党」「民権党」「自由党」など提案されたが、最終的に「立憲自由党」と決定した。九月に入り、立憲自由党の趣旨書、綱領、党則などを決め、九月十五日に東京芝の弥生会館で「立憲自由党」の結党式を挙行した。

立憲自由党は衆議院議員総数三百名の中で、百三十名で第一党となった。第二党は政府系吏党の大成会で七十九名、第三党は立憲改進党の四十一名、後は国民自由党や無所属、中立系である。

明治二十三年十一月二十五日は小春日和であった。アジアで初めての国会が開設され、この日、第一回の大日本帝国議会が招集された。広中は長年の運動が実を結び、開会された国会に晴れて衆議院議員として臨むことで全身に熱いものを感じ、身が引き締まる思いであった。広中は同じ選挙区選出の鈴木万次郎とやや緊張した面持ちで、東京日比谷の国会議事堂に宿舎から徒歩で行った。議事堂前の広場には沢山の人力車や馬車が並んでおり、中には二頭立ての立派な馬車もあった。

「やぁ、河野さんも徒歩ですか」

声をかけられ、振り向くと高知の植木枝盛である。彼は馬車や人力車の間を悠然と歩いていた。

「そうです。宿舎が近いので歩いてきました」

「我々は貴族の代表ではなく、国民大衆の代表です。乗り物などで登院するものではありません」

植木は二頭立ての馬車から、供を従えて降り立った議員を眺めて言った。

「その通りですね。植木さんには福島への応援でお世話になりました」

同じ大同倶楽部だった植木は、福島県内を遊説した。

「河野さんこそ関東から北陸の方まで、ご苦労さんでした」

広中たちは洋装だったが紋付羽織の議員も多かった。

「いやぁ、大きな建物ですな」

河野は前に国会議事堂を見ていたが、鈴木は初めてだったので議事堂を見て驚いた。木造ながら西洋づくりの豪華なものだった。

「三百名の議員が会議をする建物だし、控室や会議室も沢山あるからな」

植木が説明をした。

「西欧の国だってまだ議会が開かれず、議事堂のない国があります。外国人もアジアの小国がこれだけの議事堂で国会を開くことに驚くでしょうね」

西欧を見聞してきた鈴木も感心していた。

「日本も議会政治を実施する先進国だと、政府は外国人に見せるために立派な議事堂を建てたのです。アジアで最初の国会を多くの外国人記者が取材に来ますからね」

植木は「自由新聞」の記者だけに何でも知っていた。

「立派な議事堂で議会を開くのだ。外国人に笑われないように、議会の中身もしっかりやらなきゃならないな」

広中は笑って言った。

「その通りですね」

広中たちが話していると、片岡健吉が近づいてきた。

「やぁ、河野さん。あなたと二人で国会開設の請願書を持って太政官へ乗り込みましたね。その功が成って、いよいよ国会が開設されたのです。素晴らしいことじゃありませんか」

「本当ですね。我々の苦労が実って憲法が制定され、国会が開設されました」

「特に河野さんは投獄されたり、仲間を殺されたり大変でしたね」

「大変でした。しかし、高知の皆さんの活動があったからこそ、目的が達成されたのです」

「河野さんは議員に出ないなんて言っていましたから、我々は心配をしていたのです。議員として出てこられてよかった。なんせ河野さんは民権家として東日本の代表ですからね」

「ありがとうございます。選挙人として資格のない私を、地元の同志が資産を私名義にして国会議員へ送り出してくれたのです」

「素晴らしい話じゃないですか。これからは国会議員として、日本国民の幸せのために藩閥の専制政治を打破し、西欧に負けない民主国家を実現させるべく、共に政治に命をかけて頑張りましょう」

広中と片岡はがっちりと握手をした。そして、そこへ植木も鈴木も手を差し出し、四人の大きな手はしっかりと重なり合った。

やがて、広中はしっかりした足取りで、大きく胸を張って堂々と国会議事堂へ登院した。

この時、河野広中は四十一歳の男盛りだった。

完

あとがき

河野広中の生家は私の家から四キロほどである。そんなことで、私は地元生まれの広中には若い時から興味をもっていた。こんな東北の商家の末子に生まれた広中が、なぜ議会政治の思想に目覚め、憲法制定や国会開設運動に情熱を燃やしたのだろうか。

私はそんなことに興味をもち調べているうちに、広中の偉大さを知った。地元からこれほど優れた民権運動の活動家が出ているのに、広中の業績をどれだけの方が知っているだろうか。私は広中という人物を、もっと多くの方々に知ってもらいたいと思った。政治や歴史にそれほど関心のない方にも理解できるようにと考えて、書き始めたのがこの小説である。

広中の人生は大きく二分される。自由民権運動に邁進して活動した前半生と、四十一歳で国会議員となり七十四歳で亡くなるまで、国政の場で活躍した後半生である。私は命を懸けて議会政治の実現に活躍した彼が、晴れて衆議院議員となり、国会へ登院するまでの前半生に焦点を当てて、この小説を書いた。

後半生については別な機会に書くとして、参考までに広中の後半生の政治歴を見ると、第一回の衆議院議員選挙に当選した広中は、その後一度の落選もなく、連続十四回当選し、亡くなるまで三十三年間も国会議員の席にあった。その間の明治三十六年には五十四歳の若さで衆議院議長に選出されたが、勅語奉答文事件で就任後間もなく辞めている。また大正四年には第二次大隈内閣で農商務大臣に就任し、一年九ヶ月務めた。

そんな政治活動の中で、広中は一貫して政治の民主化に努めたが、その中でも彼が情熱を注いだのは、国民の誰もが政治に参加できる「普通選挙制度」の実現であった。だが、普通選挙については議員の理解が得られず、彼の生前には実現されなかった。普通選挙が認められたのは、広中が亡くなった二年後の大正十四年である。

また広中は清廉潔白な政治家と言われた。当時の政治家は議長や大臣にまでなると、政商と組んで財を成し、東京の一等地に豪邸を構える者が多かったが、広中は私利私欲に走らず、亡くなるまで借家住まいであった。

広中の家族については、最初の妻のタミとの間には男と女の子供があったが離婚し、二番目の妻のセキとも性格が合わず別れた。三番目の妻のモトは男の子を産み、政治家の妻として家族を支え、広中の晩年を世話している。三人の子供は立派に成長したが、政治家になった者はいない。

生涯を国政の民主化のために捧げ活動した広中は、大正十二年十二月二十九日に肝臓癌のため、東京小石川の自宅で家族や多くの支持者に見守られながら亡くなった。享年七十四歳であった。広中の葬儀は年を越した一月六日に東京音羽の護国寺で行われ、彼の政治活動を支援した知人や支持者など数千人の会葬者があった。また郷里の三春では紫雲寺に遺髪が埋葬され、追悼会には広中の冥福を祈る地元の支持者が三千人も参列した。戒名は「護国院殿磐州無得大居士」である。そして従三位勲一等旭日大綬章に叙せられた。

最後になり大変失礼ですが、この小説の出版に当たって歴史春秋社の植村圭子出版部長と編集担当の佐藤萌香さんには大変お世話になり、特別な配慮を賜ったことに心から感謝し、御礼申し上げます。

主な参考文献

『河野磐州傳』上下　河野磐州傳編纂会（河野磐州傳刊行会）
『福島人物の歴史　河野広中』上下　高橋哲夫著（歴史春秋社）
『人物叢書　河野広中』　長井純市著（吉川弘文館）
『会津嶺吹雪　吉田光一手記』県立会津高校古文書研究会（歴史春秋社）
『日本の歴史　近代国家の出発』　色川大吉著（中央公論社）
『福島県史』第四巻　通史編四　近代一　福島県
『三春町史』第三巻　近代一　通史編三　三春町

著者紹介

髙橋秀紀（たかはし・ひでき）

1940年6月19日生
1956年　要田中学校卒業後、自家農業に従事会社務めなど
　　　　兼業の傍ら文学と地方史の研究
1978年　福島県文学賞奨励賞受賞
1989年　日通文学賞受賞
　　　　福島県文学賞準賞受賞

元　　　船引町教育委員長
　　　　日通文学賞選考委員
　　　　田村市文化財保護審議会会長
現　在　地方史研究会会員

著　書
短編小説集　『からすの森』『雪の日』『秋霖』
歴史小説　『輝宗拉致』

現住所　福島県田村市船引町笹山字立石586-1

表　紙　河野広中銅像（三春町）
裏表紙　河野広中肖像写真（三春町歴史民俗資料館所蔵）

小　説
河　野　広　中
自由民権運動に命を懸けた男の物語

2017年12月24日　初版発行

著　者　髙橋　秀紀

発行者　阿部　隆一

発行所　歴史春秋出版株式会社
〒965-0842　福島県会津若松市門田町中野大道東8-1
電話　0242-26-6567

印　刷　北日本印刷株式会社

製　本　有限会社羽賀製本所